Os primeiros quatro anos

OS PRIMEIROS QUATRO ANOS

Laura Ingalls Wilder

Tradução
Lígia Azevedo

Principis

Esta é uma publicação Principis, selo exclusivo da Ciranda Cultural
© 2024 Ciranda Cultural Editora e Distribuidora Ltda.

Traduzido do original em inglês
The First Four Years

Produção editorial
Ciranda Cultural

Texto
Laura Ingalls Wilder

Diagramação
Linea Editora

Editora
Michele de Souza Barbosa

Revisão
Mônica Glasser

Tradução
Lígia Azevedo

Design de capa
Ana Dobón

Preparação
Walter Sagardoy

Ilustrações
Fendy Silva

Dados Internacionais de Catalogação na Publicação (CIP) de acordo com ISBD

W673p	Wilder, Laura Ingalls.
	Os primeiros quatro anos / Laura Ingalls Wilder ; traduzido por Lígia Azevedo. - Jandira, SP : Principis, 2024.
	96 p. ; 15,50cm x 22,60cm. - (Os pioneiros americanos ; v. 9).
	Título original: The First Four Years
	ISBN: 978-65-5097-167-0
	1. Literatura juvenil. 2. Família. 3. Casamento. 4. Vida rural. 5. Vida adulta I. Azevedo, Lígia. II. Título. III. Série.
2024-1915	CDD 028.5
	CDU 82-93

Elaborada por Lucio Feitosa - CRB-8/8803

Índice para catálogo sistemático:
1. Literatura juvenil 028.5
2. Literatura juvenil 82-93

1ª edição em 2024
www.cirandacultural.com.br
Todos os direitos reservados.
Nenhuma parte desta publicação pode ser reproduzida, arquivada em sistema de busca ou transmitida por qualquer meio, seja ele eletrônico, fotocópia, gravação ou outros, sem prévia autorização do detentor dos direitos, e não pode circular encadernada ou encapada de maneira distinta daquela em que foi publicada, ou sem que as mesmas condições sejam impostas aos compradores subsequentes.

Esta obra reproduz costumes e comportamentos da época em que foi escrita.

SUMÁRIO

Introdução 7

Prólogo 11

O primeiro ano 13

O segundo ano 50

O terceiro ano 65

Um ano de graça 75

Introdução

Esta história começa onde *Anos felizes* termina. Ela abarca os esforços de Laura e Almanzo Wilder em seus primeiros anos casados e é o capítulo seguinte da narrativa que teve início na infância de Laura, oito livros anteriores. Os eventos ocorrem antes daqueles descritos em *O longo caminho de casa* – relato de Laura em forma de diário das aventuras da pequena família ao longo da viagem de carroça que fizeram em 1894, do território de Dakota até o Missouri, onde estabeleceram residência.

O manuscrito de *Os quatro primeiros anos* foi descoberto em meio a documentos de Laura. Ela o escreveu em três blocos escolares de capa laranja comprados muito tempo antes da Springfield Grocer Company, por um níquel cada. Laura escreveu os primeiros rascunhos de seus livros anteriores da mesma maneira. Imagino que tenha escrito este no fim da década de 1940 e que depois da morte de Almanzo tenha perdido interesse em revisá-lo e prepará-lo para publicação. Como ela não o fez, há uma diferença em relação a como a história é contada, em comparação com os livros anteriores.

Uma parte importante narra o nascimento e a infância de Rose, filha de Laura e Almanzo. Rose foi uma grande amiga e mentora minha. Eu a conheci quando era um menino, e mais tarde me tornei seu advogado. Minha esposa e eu fomos próximos dela por muitos anos. Rose me entregou o manuscrito deste livro para que eu o guardasse, e depois de sua morte, em 1968, eu o levei à Harper & Row, hoje HarperCollins. Após uma longa consideração, tendo em conta os adultos e crianças que haviam lido as obras anteriores dela e o que Rose e Laura provavelmente gostariam, os editores da Harper e eu concordamos que este livro deveria ser publicado como Laura o escreveu em seus blocos.

Rose cresceu e se tornou uma autora famosa, que levou adiante o espírito pioneiro de Laura vivendo muitas aventuras nos Estados Unidos e no exterior. Ela escreveu muitos livros fascinantes sobre o país e lugares tão distantes quanto a Albânia, e ficou conhecida no mundo todo. No entanto, Rose cresceu em uma época em que as mulheres não buscavam fama conscientemente. Escolheu lançar luz sobre a vida de outros em vez da sua própria, por isso este livro sobre sua mãe, seu pai e ela mesma teve de esperar até depois de sua morte para ser publicado.

Rose (que veio a se tornar a senhora Rose Wilder Lane) levou uma vida plena e movimentada. Depois da morte da mãe, escreveu as legendas e comentários de *O longo caminho de casa*. Também escreveu inúmeros artigos de revistas, alguns dos quais foram publicados em *Woman's Day Book of American Needlework*. Trabalhou mais demoradamente em um livro que ainda será publicado, e foi enviada, aos 78 anos de idade, para o Vietnã como correspondente de guerra, em 1965. Rose lia constantemente e sabia mais sobre qualquer assunto que qualquer outra pessoa que eu conhecesse. Uma semana antes de partir para uma turnê mundial aos 81 anos, seu coração parou de repente, quando estava na casa em que vivia fazia trinta anos, em Danbury, Connecticut. Na noite anterior, Rose havia tido uma conversa jovial e animada com amigos, depois de fazer para eles o seu famoso pão.

Mas o que aconteceu após os eventos descritos em *Os quatro primeiros anos* e *O longo caminho de casa*, depois que Laura, Almanzo e Rose chegaram à terra da grande maçã vermelha?

Em Ozarks, Almanzo construiu à mão, com cuidado e precisão, uma casa de campo charmosa no terreno a que depois Laura deu o nome de Rocky Ridge Farm. Eles viveram como fazendeiros de sucesso ali por muitos anos felizes até a morte de Almanzo em 1949, aos 92 anos, e a de Laura em 1957, aos noventa. Tendo sua casa sido construída para durar para sempre, as pessoas de sorte que vão a Mansfield, Missouri, podem visitá-la e ver os fósseis na chaminé de pedra, muitos móveis feitos à mão por Almanzo e outras preciosidades. A rabeca de Pa, o órgão de Mary e a linda caixa de costura de Laura também estão lá, assim como alguns pertences de Rose. A Rocky Ridge Farm é hoje um museu permanente e sem fins lucrativos. Os curadores, que amaram e conheceram os Wilder pessoalmente, mostrarão tudo a quem for até lá e contarão detalhes que talvez não apareçam nos livros da série e que ajudarão a conhecer melhor Laura, Almanzo e Rose.

LAURA INGALLS WILDER

Todos adoraríamos que Laura tivesse escrito mais. Conhecemos e valorizamos as qualidades de seus livros em termos de caráter e espírito. Eles entraram em nossa vida e lhe deram significado. No entanto, se não pode haver mais, que tornemos nossa própria história de vida digna da dela.

Roger Lea MacBride
Charlottesville, Virginia
Julho de 1970

Prólogo

As estrelas luminosas pairavam baixo sobre a pradaria. Sua luz mostrava claramente as cristas das elevações no terreno que subia e descia suavemente, deixando as maiores depressões em sombras profundas.

Uma carroça de passeio puxada por uma parelha de cavalos escuros galopando rápido passou pela estrada que não era mais do que um traço indistinto em meio às gramíneas. A capota da carroça estava recolhida, e as estrelas brilhavam suavemente sobre o borrão escuro que era o condutor e sobre o vulto vestido de branco a seu lado no assento, ambos refletidos nas águas do lago Silver, entre suas margens cobertas de grama.

A noite era agradável, com a fragrância forte e orvalhada das rosas selvagens da pradaria, que cresciam em grandes massas ao longo do caminho.

Uma voz suave de contralto se ergueu docemente no ar, acima do bater mais leve dos cascos dos cavalos, enquanto eles, a carroça e as figuras indistintas passavam pela estrada. Parecia até que as estrelas, a água e as rosas estavam ouvindo aquela voz, tamanho era o silêncio que faziam, porque a música era sobre elas.

> *À luz das estrelas, à luz das estrelas,*
> *Bem depois de o sol se pôr,*
> *Quando o rouxinol está cantando*
> *À rosa sua última canção de amor.*
> *Na noite clara e calma de verão*
> *Quando a brisa sopra suavemente*
> *Do brilho da nossa morada*
> *Partiremos furtivamente.*
> *Onde as águas prateadas murmuram*
> *Às margens com seus matizes*
> *À luz das estrelas, à luz das estrelas,*
> *Seremos livres e felizes.*

Era junho, as rosas estavam abertas sobre a pradaria e os amantes saíam nas noites tranquilas e perfumadas, tão silenciosas depois que os ventos cessavam, ao pôr do sol.

O primeiro ano

Era uma tarde quente, com um vento forte vindo do sul, mas na pradaria de Dakota, em 1885, ninguém se importava com sol quente ou vento forte. Eram ambos esperados, uma parte natural da vida. Assim, os cavalos que trotavam velozes, puxando uma carroça de passeio com capota preta brilhante, viraram a esquina no estábulo dos Pearson e fizeram a curva ao fim da rua principal para pegar a estrada de terra, naquela segunda-feira, às quatro horas da tarde.

De uma janela da cabana baixa de três cômodos, a oitocentos metros de distância, Laura os viu se aproximando. Estava alinhavando um forro de cambraia às partes do corpo de seu vestido novo de caxemira preta e só teve tempo de colocar o chapéu e pegar as luvas, antes que os cavalos castanhos e a carroça parassem à porta.

Ela fazia uma bela figura, de pé à porta da cabana simples, com a grama queimada de agosto debaixo de seus pés e os choupos jovens contornando o jardim.

Seu vestido cor-de-rosa com florzinhas azuis quase chegava a seus pés. A saia era farta, com pence na cintura justa. Tinha mangas compridas e colarinho alto, com detalhes em renda. Sua touca de palha verde-clara e forrada de seda azul emoldurava suavemente suas faces rosadas e seus grandes olhos azuis, os quais sua franja castanha quase alcançava.

Manly não fez nenhum comentário a respeito, mas a ajudou a entrar na carroça e ajeitou a proteção de linho com cuidado sobre suas pernas, para que o vestido não ficasse sujo de terra. Então apertou as rédeas e os dois dispararam para um passeio inesperado em uma tarde de semana. Percorreram quase vinte quilômetros de pradaria ao sul até os lagos Henry e Thompson, então passaram pelo trecho estreito de terra entre os dois, onde cerejas e uvas-bravas cresciam. Depois prosseguiram pela pradaria rumo ao nordeste até o lago Spirit, que ficava a quase vinte e cinco quilômetros de distância. No total, percorreram entre sessenta e cinco e setenta quilômetros, realizando quase um círculo, para ter a possibilidade de logo voltar para casa.

A capota estava erguida, para protegê-los do calor do sol. A crina e a cauda dos cavalos voavam ao vento. Lebres corriam e tetrazes-da-pradaria sumiam de vista em meio às gramíneas. Roedores listrados entravam em suas tocas e patos selvagens voavam, no céu, indo de um lago a outro. Quebrando o silêncio que já durava algum tempo, Manly disse:

– Não podemos nos casar em breve? Se não quer uma grande cerimônia, e se estiver disposta, podemos nos casar agora mesmo. Quando fui para Minnesota, no inverno, minha irmã começou a planejar um grande casamento na igreja para nós. Eu lhe disse que não queríamos isso e que ela devia desistir da ideia, mas não adiantou nada. Ela está vindo para cá com minha mãe, e as duas pretendem se encarregar de tudo. Mas as colheitas estão próximas. Será um período de muito trabalho e gostaria que já estivéssemos acomodados.

Laura virou seu anel de ouro, fazendo a pérola e a granada em seu dedo indicador da mão esquerda darem voltas e voltas. Era um anel bonito e ela gostava dele, mas...

– Estive pensando – ela disse. – Não quero me casar com um fazendeiro. Sempre disse que nunca faria isso. Preferiria que você tivesse outra profissão. Há oportunidades na cidade, agora que ela está crescendo.

De novo, fez-se silêncio. Então Manly perguntou:

– Por que não quer se casar com um fazendeiro?

E Laura respondeu-lhe:

– Porque uma fazenda é um lugar muito difícil para uma mulher. Ela tem muitas tarefas a realizar, incluindo cozinhar para os trabalhadores que vêm ajudar na colheita e que operam a debulhadora. Além disso, um fazendeiro nunca tem dinheiro. Isso porque são os moradores da cidade que decidem quanto vão lhe pagar pelo que tem a vender e depois cobram o quanto querem pelo que ele precisa comprar. Não é justo.

Manly riu.

– Bem, como dizem: tudo se equilibra no mundo. Os ricos podem ter gelo no verão, mas os pobres têm o deles no inverno.

Laura se recusou a deixar que aquilo virasse piada.

– Não quero ser sempre pobre e trabalhar duro, enquanto as pessoas da cidade vivem com mais tranquilidade e ganham dinheiro em cima de nós.

– Mas você entendeu errado – Manly respondeu, muito sério. – Só os fazendeiros são independentes de verdade. Quanto tempo um comerciante suportaria sem fazendeiros que negociassem com ele? Os lojistas brigam para nos agradar. Precisam tirar os clientes dos outros para ganhar mais dinheiro, enquanto tudo o que um fazendeiro precisa fazer para ganhar mais é cultivar outro campo.

"Este ano tenho cinquenta acres de trigo. É o bastante para mim, mas, se você vier morar comigo na fazenda, vou preparar o terreno no outono e na próxima primavera cultivarei mais cinquenta. Também posso cultivar mais aveia para criar mais cavalos, e criar cavalos sempre dá muito dinheiro.

"Como vê, em uma fazenda, tudo depende do quanto um homem está disposto a fazer. Se estiver disposto a trabalhar e der atenção à fazenda, pode ganhar mais dinheiro que os homens da cidade, e isso tudo sendo seu próprio chefe."

Fez-se outro silêncio, um tanto cético da parte de Laura, que por fim foi quebrado por Manly:

– Se você aceitar e após três anos eu ainda não for um fazendeiro bem-sucedido, prometo desistir e fazer o que você quiser que eu faça. Prometo que ao fim de três anos desistiremos da fazenda se eu não tiver me saído tão bem a ponto de garantir que você se contente em continuarmos assim.

Laura concordou em tentar por três anos. Gostava de cavalos e da liberdade e amplitude da pradaria, onde o vento sempre balançava as gramíneas altas dos charcos e fazia farfalhar a grama curta, tão verde na primavera e tão prateada, cinza e marrom no verão. Tudo era tão fresco e perfumado. No começo da primavera, as violetas se espalhavam e perfumavam as depressões na pradaria, e em junho as rosas selvagens surgiam em toda parte. Eles teriam dois lotes dessa terra, cada um com cento e sessenta acres de solo preto e rico, porque Manly já havia se mantido tempo suficiente na primeira propriedade que reivindicara e ainda tinha outra onde plantara os dez acres de árvores exigidos pela lei. As 3405 árvores haviam sido plantadas cerca de dois metros e meio de distância umas das outras. Entre as duas propriedades havia um lote para uma escola e onde qualquer pessoa podia cortar feno: quem chegasse primeiro teria direito a isso.

Seria muito mais divertido morar em um dos terrenos do que na cidade, onde teriam vizinhos próximos dos dois lados, e, se Manly estivesse certo... Bem, de qualquer maneira, ela já havia prometido que tentaria viver no campo.

– A casa na área do bosque estará terminada em algumas semanas – Manly afirmou. – Então, vamos nos casar na semana que vem. Será a última semana de agosto, antes que a correria da colheita tenha começado. Podemos ir até o reverendo Brown para que nos case e depois iremos para nossa nova casa.

Laura fazia objeção àquilo, porque só receberia o pagamento pelo último mês que havia lecionado em outubro e ela precisava de dinheiro para roupas.

– Qual é o problema com as roupas que você já tem? – Manly perguntou. – Você está sempre bem-vestida, e se tivermos um casamento simples não haverá necessidade de roupas finas. Se demorarmos, minha mãe e minhas irmãs chegarão do Leste e teremos que fazer um casamento mais pomposo e na igreja. Eu não poderia arcar com as despesas, e o seu último mês de salário não seria o bastante para você.

Aquelas palavras foram uma surpresa para Laura, porque ela não havia pensado a respeito. No Oeste, as pessoas do Leste não pareciam reais, e certamente não eram consideradas no planejamento das coisas. Mas Laura se lembrou, com certa aflição, de que a família de Manly, no Minnesota, era bem de vida e que uma das irmãs dele tinha uma propriedade ali perto. Eles certamente viriam se soubessem a data do casamento, já que a sua futura sogra já havia feito essa pergunta na última carta enviada.

Laura não podia pedir que o pai ajudasse financeiramente com o casamento. Ele fazia tudo o que podia para arcar com as despesas da família, até receber algum retorno por seus cento e sessenta acres de terra. Não se podia esperar muito no primeiro ano de uma propriedade, e o terreno havia acabado de ser arado.

Parecia não haver outra solução além de se casarem o mais breve possível. Seria de grande ajuda ter uma casa e alguém para cuidar dela na correria do trabalho do outono. A mãe de Manly compreenderia e não ficaria ofendida. Aquilo pareceria a coisa certa e sensata a fazer aos vizinhos e amigos, pois estavam todos envoltos na mesma luta para se fixarem em suas casas na nova terra da pradaria.

Assim, numa quinta-feira, 25 de agosto, às dez horas da manhã, os cavalos castanhos de passo rápido e a carroça de passeio com capota brilhante viraram a esquina do estábulo dos Pearson, percorreram rapidamente os oitocentos metros de distância que restavam e pararam à porta da pequena casa cercada por choupos recém-plantados.

Laura estava à porta, com Ma de um lado e Pa do outro, e as duas irmãs logo atrás.

Todos tentaram ajudá-la a subir na carroça, animados. Seu traje de noiva era seu novo vestido de caxemira preta, que ela acreditou que viria a ser muito útil, porque toda mulher casada devia ter um vestido dessa cor.

Suas outras roupas e seus poucos tesouros de infância tinham sido colocados em uma mala e já estavam à espera na casa recém-terminada de Manly.

Laura olhou para trás e viu Ma, Pa, Carrie e Grace juntos em meio aos choupos jovens. Eles jogaram beijos e acenaram. As folhas verdes das árvores também acenavam em meio ao vento forte da tarde. Laura sentiu um nó na garganta ao ver que pareciam se despedir e porque viu a mãe passar a mão rapidamente pelos olhos.

Manly compreendeu, pois colocou a mão em cima da de Laura e a apertou fortemente.

O reverendo morava em uma propriedade a pouco mais de três quilômetros de distância. Pareceu a Laura o mais longo trajeto que já havia percorrido e, no entanto, os noivos o haviam feito bastante rápido. Uma vez na sala da frente, a cerimônia foi rápida. O reverendo Brown entrou apressado, ainda vestindo o casaco. A esposa dele e a filha, Ida, a amiga mais querida de Laura, com o noivo, foram as testemunhas e os únicos presentes.

Laura e Manly estavam casados, na saúde e na doença, na riqueza e na pobreza.

Então voltaram para a antiga casa de Laura para almoçar e depois, em meio aos votos e às despedidas alegres de toda a família, voltaram a subir na carroça e partiram para seu novo lar, do outro lado da cidade. O primeiro ano havia começado.

O vento do verão soprava suave e o sol brilhava forte ao entrar pelas janelas a leste naquela primeira manhã. O sol veio cedo, mas o café da manhã foi mais cedo ainda, pois Manly não devia chegar atrasado à propriedade dos Webb para a debulha. Todos os vizinhos estariam lá. Como esperavam que o senhor Webb depois os ajudasse com um dia de trabalho em troca, ninguém podia se dar ao luxo de chegar tarde e fazer os outros esperarem. Assim, o primeiro café da manhã na casa nova foi apressado. Manly foi embora com os cavalos castanhos atrelados à carroça de trabalho, deixando Laura para passar o dia sozinha.

Seria um dia movimentado, porque havia muito a fazer para deixar a casa nova em ordem. Antes de começar, Laura deu uma olhada no lugar, com o orgulho da posse.

Havia a cozinha, a sala de jantar, a sala de estar, tudo conjugado, bem distribuído, mobiliado de maneira tão inteligente que atenderia a todos os propósitos maravilhosamente.

A porta principal, no canto nordeste da sala, dava para o caminho de carros em forma de ferradura, defronte da casa. Numa das paredes, em sua extremidade, ficava a janela leste, por onde entrava o sol da manhã. No meio da parede sul havia outra janela luminosa.

A mesa extensível ficava encostada à parede oeste, com apenas uma aba levantada e uma cadeira de cada lado. A toalha xadrez vermelha e branca de Ma a cobria, e sobre ela permaneciam os resquícios do café da manhã. Uma porta, perto da mesa, conduzia ao alpendre que abrigava o fogão de Almanzo, com as panelas e frigideiras penduradas na parede, de modo que o lugar também servia de cozinha no verão. Além disso, havia uma janela e uma porta dos fundos que abria para o lado sul.

Do lado oposto à porta do alpendre ficava a porta da despensa. E que despensa! Laura ficou tão encantada com ela que permaneceu à entrada por alguns minutos, admirando-a. Era estreita, porém comprida. No outro extremo havia uma janela grande, e do lado de fora da janela um choupo jovem, cujas pequenas folhas verdes tremiam, agitadas pelo vento da manhã.

Do lado de dentro, diante da janela, havia uma prateleira de trabalho larga, da altura perfeita para uma pessoa ficar de pé diante dela. Havia uma ripa de madeira em toda a extensão da parede à direita, com ganchos para pendurar panelas, panos de prato, escorredores e outros utensílios de cozinha.

Já a parede da esquerda era toda coberta por um belo armário. A prateleira de cima ficava bem próxima do teto, e abaixo dela os espaços entre as outras prateleiras ficava cada vez maior, sendo que a última delas destinava-se a jarros altos e pratos empilhados. Sob a prateleira mais baixa havia uma série de gavetas muito bem planejadas. Uma delas, grande e larga, suportaria guardar uma fornada de pão. Nas demais, uma já abrigava uma saca de farinha de trigo, outra, uma saca de farinha de milho e, em outra, essa grande e rasa, era para pacotes, além de duas outras: uma já cheia de açúcar branco e, outra, de açúcar mascavo. E, na última gaveta, estavam os presentes de casamento recebidos: facas, garfos e colheres de prata, dos quais Laura tinha muito orgulho. Abaixo das gavetas, em um espaço aberto que ia até o chão, ficavam o boião de pedra dos biscoitos, o das rosquinhas e o de armazenar banha. Também ficava ali a batedeira, que parecia grande demais, considerando que a única vaca leiteira que possuíam era a pequena novilha fulva que Pa havia lhes dado como presente de casamento; teriam mais nata com o passar do tempo, quando a vaca de Manly começasse a dar leite também.

No meio do chão da despensa, um alçapão levava ao porão.

A porta do quarto ficava do outro lado da porta da frente. Na parede, aos pés da cama, havia uma prateleira alta para guardar chapéus. Uma cortina caía da beirada da prateleira até o chão, e na parede atrás havia ganchos para pendurar a roupa. E havia um tapete no chão!

As tábuas de pinheiro do piso da sala da frente e da despensa tinham sido pintadas de amarelo-claro. As paredes de toda a casa eram de gesso branco, e a estrutura de madeira era da cor natural, mas envernizada.

Clara e reluzente, a casa era toda deles, pensou Laura. Pertencia apenas a ela e a Manly.

Ela havia sido construída no terreno cercada de mudas de árvores, pensando no futuro. Manly e Laura já pareciam vê-la em meio a um lindo bosque de choupos, olmos e bordos plantados ao longo da estrada. Pequenas árvores erguiam-se no semicírculo do caminho, diante da casa, uma bem perto da outra, de ambos os lados e ao fundo. Ah, se cuidassem bem delas certamente não demoraria muito para que protegessem e abrigassem a casa do calor do verão, do frio do inverno e do vento constante! Mas Laura não podia ficar à toa na casa, sonhando e observando as folhas do choupo balançando. Tinha trabalho a fazer. Rapidamente, arrumou a mesa do café, que ficava a um passo da despensa, onde tudo foi colocado na prateleira adequada. Os pratos sujos foram empilhados na bacia sobre a bancada de trabalho, diante da janela. A chaleira com água quente no fogão seria de grande utilidade também. Não tardou para que tudo estivesse limpo e com a porta fechada. A despensa estava em perfeita ordem.

Em seguida, Laura poliu o fogão com um pedaço de flanela, varreu o chão, desceu a aba da mesa e colocou uma toalha vermelha limpa por cima. A toalha tinha um acabamento lindo e tornava a mesa um ornamento adequado para a sala da frente de qualquer pessoa.

No canto, entre a janela leste e a janela sul, havia uma mesinha de apoio com uma poltrona de um lado e uma pequena cadeira de balanço do outro. Acima, pendurada no teto, havia uma lamparina de vidro com pendentes cintilantes. Aquela era a parte da sala de estar, e quando os volumes dos poemas de Scott e Tennyson fossem guardados na estante ela ficaria completa. Muito em breve, teria gerânios em latas nas janelas, de modo que tudo ficaria simplesmente lindo.

No entanto, as janelas precisavam ser lavadas. Estavam sujas de gesso e tinta da construção. E Laura simplesmente odiava lavar janelas!

Naquele instante, ela ouviu uma batida à porta. Hattie, a menina da fazenda ao lado que era diarista, estava diante de Laura. Manly havia passado por lá a caminho do trabalho e pedira que ela fosse ajudar Laura na limpeza das janelas.

Hattie lavou as janelas enquanto Laura arrumava o quarto e desfazia sua mala. Seu chapéu já estava na prateleira e o vestido com que havia se casado se encontrava pendurado no gancho, atrás da cortina.

Ela tinha poucos vestidos para pendurar: o de seda castanho-amarelada com listras pretas e o de popelina marrom, que ela mesmo havia feito. Já haviam sido usados bastante, mas continuavam bons. O vestido cor-de-rosa com florzinhas azuis, que Laura só conseguiria usar mais uma ou duas vezes naquele verão, antes que esfriasse. E o vestido cinza de calicô, que alternaria com o azul que estava usando naquele momento.

Seu casaco do inverno passado ficou bonito pendurado no gancho ao lado do casaco de Manly. Serviria bem para o inverno que viria. Laura não queria que Manly gastasse com ela logo de início. Queria ajudá-lo a provar que ser fazendeiro era tão bom quanto ser qualquer outra coisa. Viver naquela casa era muito mais agradável do que viver numa rua da cidade.

Ah, como Laura esperava que Manly estivesse certo. Ela sorriu sozinha e repetiu para si mesma: "Tudo se equilibra no mundo".

Manly chegou tarde à casa, porque os debulhadores deviam trabalhar enquanto a luz do dia o permitisse. O jantar estava na mesa quando ele voltou depois de tratar dos animais. Enquanto jantavam, Manly contou a Laura que os trabalhadores viriam à casa deles no dia seguinte, ao meio-dia, e almoçariam ali.

Seria o primeiro almoço na casa nova e ela teria de cozinhar para os debulhadores! Para encorajá-la, Manly disse:

– Você vai se sair bem. Nunca se é jovem demais para aprender.

Mais do que a filha de um fazendeiro, Laura sempre tinha sido uma pioneira, mudando-se constantemente para novos lugares antes de os campos de cultivo se tornarem extensos. Desse modo, ter de preparar comida sozinha para um grupo de homens tão numeroso quanto aquele parecia desesperador. No entanto, se ia ser esposa de um fazendeiro, aquilo fazia parte de suas funções.

Logo cedo pela manhã, Laura começou a planejar e preparar o almoço. Havia trazido uma fornada de pão de casa e, complementando com pão quente de milho, seria o suficiente. Tinha carne de porco e batatas à mão, e havia deixado feijão-branco de molho na noite anterior. Havia ruibarbo na horta e faria duas tortas com ele. A manhã voou, mas quando os homens chegaram para almoçar ao meio-dia em ponto a comida estava pronta.

A mesa se encontrava no meio da sala, com as duas abas abertas para que houvesse espaço para todos. Mesmo assim, alguns homens tiveram de aguardar para comer. Estavam todos com muita fome, mas havia bastante comida, embora parecesse haver algo de estranho com o feijão-branco. Sem o olhar atento de Ma, Laura não o havia cozinhado o suficiente e ficara duro. E a torta... O senhor Perry, um vizinho dos pais de Laura, foi o primeiro a prová-la. Em seguida, ele ergueu a crosta de cima da torta e jogou açúcar por cima.

– É assim que eu gosto – o senhor Perry explicou. – Quando a torta não tem nenhum açúcar, cada um pode pôr o quanto quiser, sem ferir os sentimentos de quem a fez.

O senhor Perry tornou a refeição uma alegria. Contou histórias de quando era garoto na Pensilvânia, revelando que a mãe costumava fazer sopa com cinco feijões e uma panela de água. A panela era tão grande que, depois de ter tomado o caldo e comido todo o pão que havia, eles precisavam tirar o casaco e mergulhar atrás dos feijões, se os quisessem. Todos riram, conversaram e foram muito simpáticos, mas Laura ficou frustrada com o seu feijão-branco duro e a torta sem açúcar. Fizera a torta com pressa, mas como podia ter sido tão descuidada? Como o caule do ruibarbo é bastante ácido, a primeira mordida deve ter sido terrível.

O acre de trigo rendera dez sacas e estava sendo vendido a cinquenta centavos a saca, de modo que não fora uma grande colheita. O tempo estivera seco e o preço andava baixo. Mas a plantação de aveia rendeu o suficiente para alimentar os cavalos e sobrara mais. O feno foi armazenado em grandes pilhas, que dava para os cavalos e vacas se alimentarem e também para vender.

Manly estava muito animado e já fazendo planos para o ano seguinte. Tinha pressa de começar a arar e a trabalhar trechos novos de terra, pois estava determinado a dobrar a plantação no ano seguinte – ou mais, se possível. O trigo que seria usado no plantio foi guardado na cabana da outra propriedade, porque a nova não tinha celeiro. O restante foi vendido.

Foi uma época movimentada e feliz. Manly chegava cedo no campo para arar, e Laura passava o dia todo ocupada, cozinhando, assando, fazendo manteiga, varrendo, lavando, passando e remendando. Ela tinha dificuldade em lavar e passar roupa. Era pequena e delgada, mas suas mãos e seus pulsos eram fortes, e compensavam o seu tamanho. À tarde, Laura colocava um vestido limpo e sentava-se no canto da sala de estar para costurar ou tricotar meias para o marido.

Aos domingos sempre saíam para passear de carroça e, enquanto os cavalos trotavam pelas estradas da pradaria, os dois cantavam as velhas canções da escola de canto. A preferida deles era: "Não deixem a fazenda, rapazes".

Vocês falam de minas na Austrália,
Cheias de ouro, ninguém vai duvidar,
Mas, ah! Há ouro na fazenda, rapazes,
Se souberem onde procurar.

Não tenham pressa de ir!
Não tenham pressa de ir!
Fiquem na velha fazenda um pouco mais,
Não tenham pressa de ir!

Laura pensava no trigo dourado armazenado na cabana da outra propriedade e sentia uma felicidade imensa.

Os passeios agora eram curtos, porque arar a terra era trabalho duro para os belos e velozes Skip e Barnum, a parelha que puxava a carroça. Manly dizia que os animais não eram grandes o bastante para revolver a nova terra cheia de raízes.

Um dia, Manly voltou da cidade com dois grandes cavalos atrelados atrás da carroça, puxando um novo arado subsolador. A ideia dele era usar os quatro cavalos para puxar aquele arado. Assim, eles não teriam dificuldade em trabalhar a terra para a colheita do ano seguinte. Os cavalos tinham sido uma pechincha, porque o proprietário tinha pressa em vendê-los para ir embora dali. O homem havia vendido sua propriedade para alguém vindo do Leste e pretendia seguir ainda mais para oeste, onde conseguira um terreno concedido pelo governo.

O arado novo havia custado cinquenta e cinco dólares, mas Manly só pagara metade e tinha se comprometido a pagar o restante no ano seguinte. O arado era capaz de abrir um sulco de quarenta centímetros de largura no terreno duro e pagaria a si mesmo com os acres extras que Manly conseguiria preparar para o plantio, uma vez que possibilitava que fosse puxado em vez de ser arduamente empurrado a pé.

Laura passou a sair com o marido de manhã para ajudar a atrelar os quatro cavalos ao novo equipamento. Aprendeu também a conduzir e manusear o arado e às vezes dava várias voltas no campo com ele, o que achava divertido.

Pouco tempo depois, Manly voltou da cidade com um pequeno pônei fêmea acinzentado amarrado atrás da carroça.

– É todo seu – ele disse a Laura. – Esse é para você se divertir. E não me venha dizer que seu pai não quer que você aprenda a cavalgar. Este é manso e não vai machucá-la.

Laura pôs os olhos no pônei e se apaixonou por ele no mesmo instante.

– Vou chamá-la de Trixy, já que é uma fêmea – ela falou.

O pônei tinha as patas curtas e finas; sua cabeça era pequena, seu focinho era fino e suas orelhas estavam sempre espetadas e alertas. Seus olhos eram grandes, vivos e gentis, sua crina e cauda eram compridas e densas.

Naquela noite, depois do jantar, Laura escolheu uma sela pela descrição e pelas imagens do catálogo da Montgomery Ward e preparou um pedido para enviar pelo correio assim que fosse à cidade. Ela mal podia esperar que a sela chegasse, mas encurtou aqueles quinze dias fazendo amizade com Trixy. Não demorou para que Laura recebesse a sela, muito linda, toda de couro marrom-claro, com uma bela costura e ornamentos metálicos.

– Agora vou selar Trixy – Manly disse – e vocês duas poderão aprender juntas. Tenho certeza de que ela será mansa, mesmo que nunca tenha sido montada, mas sugiro que andem no terreno arado. Vai ser mais difícil para ela, que brincará menos, e mais macio para você, caso caia.

Assim, quando Laura estava segura na sela, com o pé esquerdo no couro do estribo, o joelho direito sobre o canto frontal da sela, com tudo bem encaixado, Manly soltou as rédeas e Laura e Trixy seguiram pelo terreno lavrado. Trixy se comportou bem e fez o seu melhor para agradar, muito embora tivesse medo da saia de Laura esvoaçando ao vento. Laura não caiu e dia após dia as duas aprenderam a cavalgar juntas.

O outono avançava. As noites eram geladas e logo o chão congelaria. Os novos cinquenta acres de terra tinham sido quase todos revolvidos. Eles não saíam mais para passear de carroça nas tardes de domingo. Skip e Barnum andavam trabalhando duro com o arado e precisavam ter um dia de descanso. No lugar de passeio de carroça, faziam longos passeios a cavalo, pois Manly também tinha um pônei para cavalgar. O nome dele era Fly. Laura e Trixy haviam aprendido juntas a trotar rápido e devagar. Com um pequeno salto, cruzavam atravessando da lateral para o meio do gramado, passando por cima da trilha aberta por uma roda de carroça. Com outro salto, passavam por cima da trilha aberta pela outra roda. Trixy aterrissava tão levemente com suas delicadas patas que Laura mal sentia o impacto.

Um dia, enquanto seguiam por uma estrada, Manly disse:

– Ah, sim, Trixy é capaz de pulos curtos e rápidos, mas nunca conseguiria acompanhar Fly...

E Fly arrancou. Laura então se debruçou sobre o pescoço de seu pônei, tocou-o com o chicote e imitou o grito de um *cowboy*, o mais alto que pôde. Trixy saiu como um raio, deixando Fly para trás. Laura deteve o animal e ficou esperando, um pouco ofegante, que Manly chegasse. Quando ele protestou que ela saíra de repente, Laura apenas disse:

– Ah, Trixy me avisou com tempo de sobra que ia correr.

Com aquilo, ficou provado que Trixy era mais rápida do que Fly – e muitas vezes ela o provava de novo em passeios de trinta quilômetros pela pradaria antes do café da manhã.

Essa foi uma época tranquila e feliz, pois duas pessoas parceiras podiam fazer praticamente o que queriam.

Claro que, de tempo em tempo, Laura pensava na magra colheita e ficava preocupada. Uma vez, chegou a poupar nata para poder mandar um boião de manteiga fresca para vender na cidade, pensando que aquilo ajudaria a pagar pelos mantimentos que Manly comprava. Com a manteiga, ela mandou cinco dúzias de ovos, pois o bando de galinhas, que vivia ciscando ao redor do estábulo, dos fardos de palha e pelos campos, estava botando ovos mais do que eles necessitavam no dia a dia.

Só que Manly voltou com a manteiga. Nenhuma loja da cidade queria pagar por ela. Quanto aos ovos, só conseguira vendê-los a cinco centavos a dúzia. Laura não podia fazer nada a respeito. E por que se preocupar, se Manly não estava preocupado?

Quando o trabalho sobre a terra chegou ao fim, eles deixaram o estábulo nos fundos da casa mais apropriado para o inverno. Era um lugar quente para o gado, com feno empilhado dos dois lados da estrutura de madeira. Havia forragem estocada até mesmo no telhado, com um metro e meio de altura nos beirais, e um pouco mais no cume, para garantir bastante inclinação para que a água escorresse.

Com uma faca comprida, Manly abriu dois buracos no fardo de feno na porção sul do estábulo. Então colocou janelas nos buracos, do lado de dentro, para que o gado recebesse luz mesmo com a porta fechada.

Depois de ajeitar o estábulo, chegou a hora de matar um animal.

No entanto, Ole Larsen, o vizinho do outro lado da estrada, matou um animal de sua propriedade primeiro. O senhor Larsen costumava pegar coisas emprestadas, o que era motivo de discussão entre Manly e Laura, porque ela não queria que ferramentas e máquinas fossem emprestadas e acabassem quebradas ou nunca devolvidas. Quando Laura via Manly ir a pé para o fundo do campo de Ole Larsen, para ir buscar qualquer coisa que deveria estar no próprio estábulo, ela ficava brava, mas Manly insistia que precisavam ser bons vizinhos.

Assim, quando o senhor Larsen veio pegar emprestado um barril para que pudesse escaldar seu porco quando o matasse, Laura lhe deu permissão para levá-lo. Manly estava na cidade, mas ela sabia que ele o emprestaria.

Passados alguns minutos, Larsen retornou para pegar emprestada uma tina para esquentar a água que usaria para escaldar o porco no barril. Logo, ele voltou para pegar emprestadas as facas necessárias para destrinchá-lo, e um pouco mais tarde para pegar a pedra de amolar as facas. Laura, furiosa, disse a si mesma que, se ele voltasse para pegar emprestado o porco que haviam engordado para matar, teria de deixar que o homem o levasse também. Por sorte, ele tinha seu próprio porco.

E, mesmo depois de todos esses favores, o senhor Larsen não levou para eles nem um pedaço de carne fresca, como bons vizinhos sempre faziam.

Alguns dias depois, Manly matou o porco deles e Laura teve sua primeira experiência fazendo linguiça, cabeça de xara e banha sem a ajuda de ninguém. O presunto, a paleta e as costelinhas foram congelados no abrigo e a carne gorda foi salgada em um barril pequeno.

Laura descobriu que trabalhar sozinha era muito diferente de ajudar a mãe. Aquilo, no entanto, era parte de suas funções e ela devia aceitar, embora odiasse o cheiro da banha quente e a visão da carne crua lhe tirasse o apetite para comer.

Foi nesse período que os diretores da escola puderam pagar Laura pelo último mês em que havia lecionado. O dinheiro fez com que se sentisse tão poderosa que ela começou a planejar como ia gastá-lo. Manly lhe disse que o usasse para comprar um potro que certamente dobraria de preço quando crescesse e pudesse vendê-lo. Foi o que os dois decidiram fazer, e Manly comprou um baio de dois anos de idade que prometia dar grande lucro no futuro.

Laura não se deu ao trabalho de lhe dar um nome. Se ia ser vendido, qual era o sentido? Mas o animal era bem alimentado, escovado e cuidado, para que crescesse saudável.

Em um dia de tempo ruim, Manly partiu cedo para a cidade, deixando Laura completamente sozinha. Ela estava acostumada a ser a única pessoa na casa e não considerou aquilo nada de extraordinário, mas o vento estava tão frio e forte que a porta da frente nem sequer tinha sido aberta, continuando trancada desde a noite anterior. No meio da manhã, ocupada com o trabalho, Laura olhou pela janela da frente e viu um pequeno grupo de homens a cavalo atravessando a pradaria a sudeste. Ela se perguntou por que não viajavam pela estrada. Quando se aproximaram, Laura conseguiu ver que estavam em cinco e eram índios.

Laura já havia visto índios muitas vezes e não tivera medo, mas seu coração deu um pulo quando se dirigiram à casa e tentaram abrir a porta da frente sem bater. Ela ficou grata por estar trancada, então correu rapidamente até a porta dos fundos para trancá-la também.

Os índios deram a volta na casa e tentaram abrir essa porta. Ao ver Laura pela janela, eles fizeram sinais para que ela a abrisse, indicando que não iam fazer-lhe mal. Laura balançou a cabeça e tentou mandá-los embora. Provavelmente só queriam comida, mas não havia como ter certeza disso. Fazia só três anos que os índios quase tinham entrado em guerra, um pouco a oeste, e com frequência ainda ameaçavam acampamentos ferroviários.

Sem abrir a porta, Laura ficou observando enquanto eles conversavam. Não entendia uma palavra do que diziam e estava com medo. Aquilo não era certo. Por que não iam embora?

Então eles se dirigiram ao estábulo... e sua sela nova estava pendurada ali, e era onde Trixy se encontrava... Trixy! Seu animal de estimação, sua companheira!

Laura estava bastante temerosa. Dentro da casa, estava em relativa segurança, porque eles provavelmente não arrombariam as portas. Só que, além de assustada, ela agora também estava brava, e como sempre agiu sem pensar: abriu a porta com tudo e correu para o estábulo, onde ficou à porta e ordenou que os índios saíssem de lá. Um deles apalpava o couro de sua bela sela e outro estava na baia de Trixy, que começava a ficar inquieta. Ela não gostava de desconhecidos e puxava o cabresto tremendo. Os outros índios estavam examinando a sela de Manly e os arreios da carroça, com seus detalhes em metal. Então eles saíram do estábulo e se aproximaram de Laura, que imediatamente foi para cima deles, batendo os pés. Ela não usava chapéu e suas longas tranças voavam ao vento, enquanto seus olhos brilhavam, vermelhos, como sempre acontecia quando ficava raivosa ou excitada demais.

Por um momento, os índios ficaram só olhando. Então um deles grunhiu uma palavra ininteligível e levou uma mão ao braço de Laura. Rápida como um raio, ela reuniu todas as suas forças e deu-lhe um tapa no rosto com toda força.

O índio ficou enfurecido, a encarou, mas seus companheiros deram risada, e o que parecia ser o líder o impediu de reagir. Então, apontando para si mesmo e para o pônei dela, e depois abarcando o oeste com um gesto, o índio disse:

– Você vai... eu... ser mulher minha?

Laura balançou a cabeça, bateu os pés de novo e gesticulou para que voltassem a seus cavalos e fossem embora.

Eles obedeceram e partiram em seus cavalos, sem selas nem rédeas.

Enquanto seguiam, o líder se virou para olhar Laura uma última vez, parada ali, com o vento agitando sua saia e suas tranças, observando-os cruzar a pradaria rumo a oeste.

Gansos selvagens voavam para o sul. Durante o dia, o céu ficava cheio deles, em formações em V, com os líderes chamando e os outros respondendo, até que o mundo parecesse cheio de seus grasnados.

Laura adorava observá-los lá no alto, contra o azul do céu, grandes e pequenos, com o líder à frente e os demais logo em seguida, sempre em formação perfeita. Ela adorava ouvir os grasnados altos e claros das aves. Havia uma enorme selvageria e liberdade neles, especialmente à noite, quando seus chamados soavam em meio à escuridão. Era quase irresistível. Laura desejava ter asas para poder segui-los.

Manly disse:

– Dizem que tudo está bem quando os gansos grasnam do alto, mas acredito que será um inverno duro, considerando a altura em que estão voando e sua pressa. Eles nem estão parando para descansar nos lagos ou para se alimentar. Devem estar vindo antes de uma tempestade.

Por muitos dias, os gansos selvagens continuaram rumando para o sul. Até que, numa tarde tranquila e ensolarada, uma nuvem escura e baixa apareceu a noroeste. Ela subiu depressa, indo cada vez mais alto, até que o sol de repente foi encoberto, e, com o uivo do vento, o mundo se apagou em um borrão de neve rodopiante.

 Laura estava sozinha quando o vento começou a bater com tal força que sacudiu a casa toda. Ela correu depressa até a janela, mas só conseguiu ver uma parede branca do outro lado do vidro. Manly estava no estábulo e, diante do ruído repentino da tempestade, olhou pela janela também. Depois, embora ainda fosse o meio da tarde, ele deixou comida para os cavalos e para as vacas passarem a noite, recolheu um balde com a ordenha do dia e fechou cuidadosamente a porta do estábulo. Então pôs-se a caminho de casa. Assim que saiu do abrigo do feno, à porta do estábulo, foi atingido com toda força pela tempestade, que parecia vir de todas as direções ao mesmo tempo. Não importava para onde virasse a cabeça, dava de cara com o vento. Manly sabia em que direção a casa ficava, mas não conseguia enxergá-la. Não conseguia ver nada além de um borrão branco. O frio era intenso e a neve parecia gelo em pó, castigando seus olhos e ouvidos, fazendo com que se sentisse sufocado ao respirar. Depois de dar alguns passos, ele não conseguia mais ver o estábulo. Se encontrava sozinho em um mundo de branco turbilhante. Mantendo o rosto voltado para a direção certa, Manly seguiu em frente e não tardou a compreender que já andara o suficiente para chegar à casa, embora ainda não a enxergasse. Com mais alguns passos, ele trombou com uma carroça velha que havia deixado a uma curta distância ao sul da casa. Apesar de seu esforço, o vento o havia empurrado para o sul, mas pelo menos agora Manly sabia onde se encontrava. De novo, ele virou o rosto na direção certa e avançou. De novo, ele soube que devia ter chegado à casa, embora não tivesse encontrado nada. Não podia se desesperar, ou não só não a encontraria como vagaria pela pradaria aberta até perecer congelado a poucos passos de seu destino. Nenhum grito dele seria ouvido em meio àquela nevasca. Bem, era melhor Manly seguir adiante, porque ficar parado não adiantaria nada. Ele deu outro passo e seu ombro roçou algo de leve. Quando ergueu a mão, tocou o canto de uma construção. A casa! Manly quase a perdera e quase seguira a esmo, indo direto para a morte.

Mantendo uma mão na parede, ele tateou até chegar à porta dos fundos.

Levado pela tempestade, Manly abriu a porta e piscou para que a neve deixasse seus olhos no calor e no abrigo da casa que quase havia deixado passar. Ele continuava segurando o balde de leite, cujo líquido estava congelado.

A nevasca perdurou por três dias e três noites. Antes de voltar ao estábulo, Manly seguiu a parede da casa até o longo varal amarrado no canto. Com a mão no varal, ele foi até os fundos. Então o desamarrou, contornou a casa até à porta e amarrou o varal ali. Em seguida amarrou à ponta solta outra corda mais curta, que tinha posto no alpendre. Assim, desenrolando a corda à medida que avançava, pôde chegar ao fardo de feno da porta do estábulo, onde a amarrou fortemente, e seguir de volta à casa em segurança. Depois disso, ele passou a ir ao estábulo cuidar dos animais uma vez por dia.

Enquanto a nevasca rugia no lado de fora da casa, o casal se protegia no lado de dentro, com Laura mantendo o fogo aceso com o carvão guardado no alpendre. Ela usava o que tinha na despensa e no porão para cozinhar e, à tarde, cantava enquanto tricotava algo na companhia do velho cão Shep e do gato, que ficavam amigavelmente deitados sobre o tapete diante do fogão. A pequena casa levantada por Manly, quente e confortável, mantinha-se firme, enfrentando a fúria da natureza.

Ao fim da tarde do quarto dia, o vento abrandou. Já não rodopiava tanto, mas soprava a neve solta bem perto do chão, acumulando-a em montes duros que pontuavam a terra nua de toda a pradaria. O sol voltou a brilhar, com uma luz gelada, com parélios enormes o ladeando. E fazia *muito frio!* Laura e Manly saíram para olhar a paisagem desolada. Seus ouvidos ainda latejavam do tumulto da tempestade e o silêncio que se seguia chegava a entorpecê-los.

– Foi muito feio – Manly disse. – Os estragos desta vez serão grandes.

Laura olhou para a fumaça saindo da chaminé do vizinho do outro lado da estrada. Fazia três dias que não conseguia enxergá-la.

– Pelo menos os Larsen estão bem – ela comentou.

No dia seguinte, Manly foi à cidade atrás de suprimentos e de notícias.

A casa estava iluminada e alegre quando ele retornou. Os últimos raios do sol da tarde entravam pela janela sul, e Laura ficou à espera do marido para ajudá-lo a tirar o casaco. Quando Manly chegou do estábulo, após guardar a parelha e alimentar os animais para a noite, ele parecia muito sério. Depois de jantarem, contou as novidades da cidade a Laura.

Um homem que vivia mais ao sul dali fora surpreendido pela nevasca no estábulo, como havia acontecido com Manly, e não encontrara a casa ao voltar. Ele havia vagado pela pradaria e tinha sido encontrado morto, congelado, quando a nevasca abrandara; três crianças tinham se perdido a caminho da escola e encontrado um fardo de feno, dentro do qual se esconderam. Elas tinham se mantido próximas para se aquecer. Ao término da nevasca, o menino mais velho havia conseguido sair na neve, possibilitando que fossem encontrados. Estavam famintos, mas não haviam tido hipotermia; um rebanho havia vagado na tempestade por mais de cem quilômetros. Cegos e confusos, os animais tinham caído no rio Cottonwood, os últimos por cima dos primeiros, quebrando o gelo da superfície e boiando na água e na neve até sufocarem e morrerem congelados. Os homens ainda estavam tentando tirá-los do rio, centenas deles, e esfolando-os para tentar salvar a pele dos animais. Quem tivesse perdido gado podia ir ver as marcas e reclamar o que lhe pertencia.

Ninguém esperava uma nevasca tão terrível no começo da estação, e muitos haviam sido pegos de surpresa na neve e terminado com as mãos e os pés congelados. Outra tempestade havia caído dias depois, mas as pessoas estavam prevenidas e não houve grandes danos.

Fazia frio demais para andar a cavalo e a neve cobria o chão, por isso, nas tardes de domingo, Manly atrelava os cavalos ao trenó e ele e Laura iam para lá e para cá, até a fazenda de Pa, para ver os parentes, ou visitar os Boast, velhos amigos que viviam a poucos quilômetros a leste. Os passeios eram geralmente curtos, não mais de trinta ou quarenta quilômetros, como sempre faziam no verão. Seria perigoso demais, porque uma tempestade poderia cair repentinamente e pegá-los longe de casa.

Barnum e Skip não estavam mais trabalhando. Tinham engordado e estavam loucos para correr; portanto, gostavam dos passeios de trenó tanto quanto Laura e Manly. Empinavam e agitavam-se de propósito, para fazer os sinos soarem mais alegremente, enquanto suas orelhas se mantinham em pé, alertas, e seus olhos brilhavam.

Trixy e Fly, os pôneis de sela, e Kate e Bill, a parelha de trabalho, engordavam no estábulo e se exercitavam no terreno dos fundos, protegido por fardos de feno.

As festas de fim de ano estavam próximas e teriam que fazer algo a respeito. Os Boast e os Ingalls passavam-nas juntos sempre que possível. O almoço de Ação de Graças era nos Boast e o almoço de Natal nos Ingalls. Com Laura e Manly casados, havia uma nova família envolvida, e ficou acertado que deveria haver uma terceira reunião, de modo que o Ano-Novo seria celebrado nos Wilder.

Nem deveriam pensar em presentes de Natal, considerando a colheita, mas Manly fez trenós manuais para as irmãs de Laura e eles comprariam doces para todos.

Os dois decidiram comprar um presente juntos, algo que ambos usariam e aproveitariam. Depois de muito estudar o catálogo da Montgomery Ward, eles escolheram um conjunto de peças de vidro, de que estavam precisando. Havia um bonito anunciado no catálogo, com açucareiro, descanso de colher, manteigueira, seis potes para molho e um prato oval grande para pão. O prato de pão tinha figuras de espigas de trigo desenhadas e uma frase: "O pão nosso de cada dia nos dai hoje".

Quando a caixa chegou de Chicago alguns dias antes do Natal e os dois a abriram, eles ficaram encantados com o presente.

As festas de final de ano passaram depressa e, em fevereiro, veio o aniversário de dezenove anos de Laura; o aniversário de vinte e nove anos de Manly seria uma semana depois. Então, eles fizeram uma comemoração para ambos no domingo, entre uma data e outra.

Não foi uma grande festa, só houve um bolo de aniversário grande, e alguns cuidados especiais foram tomados na preparação e na apresentação de uma refeição simples, consistindo em pão, carne e vegetais.

Laura tinha se tornado uma boa cozinheira, especialista em fazer pão.

Entre trabalho e distrações, em meio ao sol e à neve, o inverno passou. Eles fizeram poucas visitas e receberam poucas também, pois os vizinhos ficavam longe (com exceção dos Larsen, do outro lado da estrada) e os dias eram curtos. Ainda assim, Laura nunca se sentia solitária. Amava sua pequena casa e os afazeres domésticos. Tinha a companhia do Shep e do gato, e ela considerava visitar os cavalos e as vacas no estábulo tão bom quanto visitar pessoas.

Quando Trixy lambia a mão de Laura ou descansava o nariz macio em seu ombro, ou o travesso Skip procurava em seu bolso por um torrão de açúcar, ela sabia que aqueles eram amigos muito satisfatórios.

Os gansos selvagens estavam voltando do sul. Voavam de um lago a outro, onde descansavam na água e se alimentavam ao longo da margem.

Já não havia mais neve no chão e, embora as noites fossem frias e o vento, muitas vezes, gelado, o sol estava quente, prenunciando a primavera. Manly pegava seu arado e rastelo a fim de preparar a terra para semear trigo e aveia. Precisava começar o trabalho bem cedo, porque tinha cem acres para semear trigo e cinquenta para semear aveia.

Na propriedade, Laura segurava sacas de grãos enquanto Manly as enchia de trigo. Depois Manly as transportava para o estábulo junto da casa, para a sementeira.

A cabana era fria. Os sacos de grãos eram grosseiros e ásperos ao toque e o trigo, poeirento. Observar os grãos gordos de trigo escorregarem pela boca aberta dos sacos deixava Laura tonta. Quando ela desviava os olhos, eles eram atraídos de maneira irresistível para os jornais colados nas paredes da cabana, cujas palavras ela lia repetidas vezes. Ficava irritada sem motivo, só porque algumas estavam de cabeça para baixo, mas as lia mesmo assim. Não conseguia evitar. Palavras! Palavras! O mundo estava cheio de palavras e de grãos de trigo deslizantes!

Então ela ouviu Manly dizer:

– Sente-se um minuto! Você deve estar cansada.

Laura se sentou, mas não estava cansada. Estava doente. Na manhã seguinte, sentiu-se muito pior e Manly teve de preparar o próprio café da manhã.

Durante dias, ela passava mal sempre que saía da cama. O médico recomendou repouso. Garantiu que em breve Laura se sentiria muito melhor e que em alguns meses – nove meses, para ser exato – estaria ótima. Laura esperava um filho.

Então era isso! Bem, Laura não podia faltar com seu dever. Precisava se levantar e cuidar dos afazeres domésticos, para que Manly pudesse fazer a colheita. Muita coisa dependia da safra daquele ano, e eles não tinham dinheiro para contratar ninguém.

Alguns dias depois, Laura já ia de um lado a outro da casa, fazendo o que precisava ser feito, e, sempre que possível, aliviava seu mal-estar deitando-se por alguns minutos na cama. A casa começou a ficar um tanto descuidada, porque Laura não conseguia mais cuidar dela como de costume. Sofria para fazer as coisas e, de vez em quando, sorria ironicamente quando se lembrava do que sua mãe costumava dizer: "Quem dança deve pagar o violinista". Bem, ela estava pagando, mas faria o trabalho. Ajudaria como pudesse, apesar de tudo.

As mudas de árvores plantadas não cresciam muito bem. O tempo seco do verão tinha sido duro para elas, que agora necessitavam de cuidados especiais, pois em alguns anos deveria haver ali dez acres com o número certo de árvores adultas na reserva, para que eles recebessem a escritura definitiva daquele terreno.

Manly revirou a terra em volta das árvores e cobriu tudo com esterco que recolhera no estábulo dos animais.

Laura sentia falta dos passeios de charrete pela pradaria verde do início da primavera. Também sentia falta das violetas silvestres que perfumavam o ar; porém, quando chegou a época das rosas, em junho, pôde de novo passear atrás de Skip e Barnum ao longo das estradas da pradaria, onde as rosas criavam deslumbrantes massas cintilantes de cores, que iam do rosa-pálido ao vermelho mais intenso, e deixavam o ar perfumado. Em um desses passeios, ela perguntou a Manly, cortando o silêncio:

– Que nome vamos dar à criança?

– Não podemos escolher agora – respondeu o marido. – Não sabemos se será um menino ou uma menina.

Depois de outro silêncio, Laura disse:

– Será uma menina e daremos a ela o nome de Rose.

Choveu muito naquela primavera, assim como no verão inteiro. As arvorezinhas criaram coragem de acenar com suas folhinhas verdes ao vento, enquanto cresciam dia após dia. As gramíneas cresciam na alta padraria e nos charcos, onde a água se acumulava nos pontos mais baixos.

E, ah, como o trigo e a aveia se avolumavam! Graças à chuva!

Os dias passaram e o trigo ficava alto, forte, verde e lindo. Passado alguns dias, poderia ter início a colheita. Mesmo que o tempo ficasse seco agora, ainda seria uma boa safra, porque haveria água suficiente nos talos para amadurecer o trigo.

Finalmente, um dia, Manly voltou do campo decidido que o trigo estava pronto para ser cortado.

– Está perfeito – ele disse.

Cada acre daria umas quarenta sacas, e o grão estaria bem duro. O preço começaria em setenta e cinco centavos a saca, entregue na cidade.

– Eu não disse que tudo se equilibra no mundo? – Manly falou. – Os ricos podem ter gelo no verão, mas os pobres têm o deles no inverno.

Ele riu e Laura riu junto. Era maravilhoso.

Pela manhã, Manly teve de ir à cidade para comprar uma enfardadeira para a colheita. Esperara até ter certeza de que a safra seria boa, porque a máquina custava caro: duzentos dólares. Metade poderia ser paga depois que o grão fosse debulhado e a outra metade depois do debulhamento do ano seguinte. Manly só teria que pagar oito por cento de juros e dar o equipamento e as vacas como garantia. Ele foi cedo à cidade, porque queria voltar a tempo de começar a cortar os grãos.

Laura ficou orgulhosa quando Manly entrou na propriedade com a nova aquisição. Ela saiu para observar enquanto o marido a atrelava aos quatro cavalos e começava a trabalhar na plantação de aveia. Ele ia começar por ali, porque a aveia estava mais madura.

Enquanto voltava para casa, Laura fez um rápido cálculo mental – quarenta sacas por acre em cem acres dariam quatro mil sacas de trigo. Quatro mil sacas a setenta e cinco centavos a saca... ah, quanto daria? Ela precisava de um lápis. Quatro mil sacas a setenta e cinco centavos a saca dava três mil dólares. Não era possível! Sim, estava certo. Ah, eles seriam ricos! Os pobres realmente tinham o gelo!

Poderiam pagar pela segadeira e pelo ancinho que Manly havia comprado no ano anterior e não conseguira pagar, devido à colheita ruim. As notas promissórias de setenta e cinco dólares e de quarenta dólares, assim como a hipoteca de Skip e Barnum, venceriam depois da debulha. Laura não se importava muito com as promissórias, mas nem queria pensar nas hipotecas sobre os cavalos. Bem, agora estavam prestes a saldar a velha dívida, além da promissória pelo novo arado e a hipoteca das vacas. Ela achava que também tinham contas abertas em lojas, mas não sabia ao certo. Não podiam ser muitas, de qualquer maneira. Talvez pudessem contratar alguém para fazer seu trabalho até que o bebê chegasse. Então ela descansaria; precisava descansar, porque, como não conseguia segurar a comida no estômago por mais que alguns minutos, não tinha o que a sustentasse e estava magra demais. Seria bom deixar que outra pessoa cozinhasse. O cheiro da cozedura a deixava nauseada...

Manly cortou os cinquenta acres de aveia com a enfardadeira McCormick naquele mesmo dia. À noite, estava radiante. Era uma bela safra de aveia, e na manhã seguinte ele começaria a cortar o trigo.

No entanto, na manhã seguinte, depois de ter dado duas voltas na plantação, Manly desatrelou os cavalos e retornou ao estábulo com a parelha. Era melhor que o trigo amadurecesse por mais alguns dias, pois percebera que não estava tão maduro quanto imaginava e não queria se arriscar a ter grãos menores por colhê-los ainda um pouco verdes. Por outro lado, o trigo estava ainda mais pesado do que Manly imaginara a princípio, e, se não rendesse mais de quarenta sacas, ele ficaria surpreso. Laura ficou impaciente. Tinha pressa de que o trigo fosse cortado e ensacado, para ficar em segurança. Da janela, ela via a enfardadeira nova parada à beira da plantação e a imaginava também impaciente.

Depois do meio-dia, os DeVoe apareceram para uma visita. Cora ia ficar com Laura enquanto Walter, seu marido, ia à cidade. Os DeVoe tinham mais ou menos a mesma idade de Laura e Manly e o mesmo tempo de casados. Laura e Cora eram muito boas amigas e passaram uma tarde agradável, apesar do desconforto ocasionado pelo calor.

À medida que o tempo passava, a tarde tornava-se cada vez mais quente. Não havia vento, o que era incomum. Aquilo deixava todos ofegantes e se sentindo sufocados.

Por volta das três horas da tarde, Manly chegou do estábulo e disse que certamente iria chover. Estava feliz por não ter cortado o trigo, porque estaria desprotegido, sob a chuva, antes de ter podido enfeixá-lo. O céu escureceu um pouco e o vento ameaçou vir forte; em seguida amainou e o céu escureceu de vez. Então o vento ganhou força, clareou um pouco, mas uma claridade esverdeada.

Finalmente a tempestade veio. Amena no princípio e, de repente, granizo. Primeiro devagar e espaçado, depois mais rápido e em maior quantidade. As pedras foram crescendo, algumas chegando ao tamanho de ovos de galinha.

Manly e Cora ficaram observando da janela. Não conseguiam ver longe em meio à tempestade, mas notaram, no outro lado da estrada, quando Ole Larsen abriu a porta de casa e saiu. Em seguida, viram-no cair e alguém estender os braços, arrastá-lo pelos pés para dentro e fechar a porta.

– Que grande tolo – Manly disse. – Um granizo acertou sua cabeça.

Em vinte minutos, a tempestade tinha passado e eles conseguiam enxergar até a plantação. A enfardadeira continuava ali, mas o trigo estava deitado.

– Acho que pegou o trigo – Manly comentou, mas Laura não conseguiu dizer nada.

Manly atravessou a estrada para descobrir o que havia acontecido com o senhor Larsen. Quando voltou, poucos minutos depois, disse que o vizinho havia saído para pegar uma pedra de granizo bem grande para poder medi-la. Assim que saíra para fazê-lo, fora atingido por outra na cabeça. O homem passara alguns minutos inconsciente depois de ter sido arrastado pelos pés para dentro da casa, mas estava bem agora, só com a cabeça dolorida.

– Agora vamos fazer sorvete – Manly propôs. – Você prepara, Laura, enquanto eu pego granizo para congelar.

Laura se virou para Cora, que só olhava pela janela, sem dizer nada.

– Você tem vontade de comemorar, Cora?

A outra respondeu:

– Não! Quero voltar para casa e ver o que aconteceu por lá. Provavelmente engasgaria com sorvete.

A tempestade durara apenas vinte minutos, mas deixara para trás um mundo encharcado e desolado. Janelas sem tela tinham sido rompidas; janelas com tela tinham entortado e quebrado; o solo estava forrado de granizo, a ponto de parecer que uma camada de gelo havia se formado, e aqui e ali havia montes dele; as folhas e os galhos das árvores jovens tinham sido arrancados.

O sol lançava uma luz tênue e aguada sobre os destroços. Os destroços, Laura pensou, de um ano de trabalho, de esperança e planos de tranquilidade e prazer. Bem, ela não mais precisaria cozinhar para os debulhadores. Laura andava com medo daquilo. Como Ma costumava dizer: "Não há grande perda sem algum ganho". Mas o fato de, num momento como aquele, ter de imaginar um ganho tão pequeno a deixava preocupada.

Laura e Cora ficaram ali, pálidas e em silêncio, até Walter chegar, ajudar a esposa a subir no carroção e partir quase sem se despedir, tal era a ansiedade de ir para casa e descobrir quão ruim a tempestade tinha sido por lá.

Manly foi dar uma olhada na plantação de trigo e retornou muito sério.

– Não restou trigo para colher – ele disse. – Foi todo derrubado e esmagado. Três mil dólares de trigo, na época errada do ano.

Laura murmurou para si mesma:

– O pobre teve seu gelo...

– Como? – Manly perguntou.

– Eu só estava dizendo que desta vez o pobre teve seu gelo no verão.

Às duas da tarde do dia seguinte, ainda havia gelo acumulado nos pontos mais baixos do terreno.

Embora os planos deles tivessem sido destroçados, precisavam juntar os cacos e refazê-los de alguma maneira. O inverno estava se aproximando. Tinham de comprar carvão, o que lhes custaria entre sessenta e cem dólares. Também precisavam comprar sementes para plantar na primavera. E as promissárias dos equipamentos estavam para vencer.

Além disso, havia a enfardadeira que tinha sido usada para cortar apenas cinquenta acres de aveia, o arado, a segadeira e o rastelo, a semeadeira que haviam usado na primavera e a carroça nova. E havia os quinhentos dólares que ainda deviam para construir a casa...

– Temos uma dívida de quinhentos dólares por conta da casa! – Laura exclamou. – Oh, eu não sabia disso!

– Não – o marido confirmou. – Achei que não havia necessidade de preocupá-la.

Algo tinha que ser feito em relação a tudo aquilo. Manly iria à cidade no dia seguinte para verificar as possibilidades. Talvez pudesse hipotecar a primeira propriedade, da qual, pelo menos, já tinham a posse garantida. Já o segundo terreno não podia ser hipotecado: pertenceria ao Tio Sam até que as árvores de Manly tivessem crescido. E Laura teve a impressão de ouvir o seu pai dizendo: "Tio Sam tem dinheiro o bastante para dar uma fazenda a cada um de nós!". Às vezes, ela tinha medo de estar esquecendo as coisas, mas aquela dívida de quinhentos dólares havia sido um choque. Quinhentos mais duzentos dava setecentos dólares, fora a carroça e a segadeira... Era melhor parar de contar ou sua cabeça ia explodir.

Manly descobriu que podia estender o prazo das notas promissórias do maquinário por um ano, se pagasse juros. Também podia fazer o primeiro pagamento da enfardadeira depois da colheita seguinte e adiar a segunda parcela por mais um ano. Ele podia vender todo o feno que tinha por quatro dólares a tonelada e entregar na estação de trem. Havia compradores interessados em mandá-lo para Chicago.

Ele não podia hipotecar sua primeira propriedade a menos que morassem nela. No entanto, precisava de dinheiro para pagar os juros, as despesas diárias do casal e as sementes. A única maneira de levantar esse dinheiro era se mudando para a outra propriedade. Se estivessem lá, conseguiriam oitocentos dólares pela hipoteca.

Um comprador pagaria mais por Kate e Bill do que Manly havia pago. Ele não precisaria mais dos animais, pois arranjara um rendeiro para a propriedade com as árvores a meias, a quem forneceria sementes.

Skip e Barnum poderiam fazer todo o trabalho na outra propriedade, se Trixy e Fly ficassem responsáveis pela locomoção.

Com outra pessoa cuidando da reserva das árvores, Manly poderia plantar mais na outra propriedade e lucrar mais do que se tentasse cuidar sozinho das duas.

Seria preciso aumentar a cabana da primeira propriedade, mas um único cômodo e um porão bastariam se usassem a construção original como depósito.

Assim ficou decidido. Manly se apressou em empilhar a aveia, que o granizo havia castigado, mas a palha seria uma boa ração para os animais, substituindo o feno, que seria vendido.

Quando a aveia foi levada para a outra propriedade e empilhada, Manly abriu um buraco no chão para o porão e construiu um cômodo em cima. Depois montou a estrutura de um estábulo, cortou feno do charco e esperou secar para fazer as paredes e o teto com ele. Com o estábulo pronto, Manly e Laura mudaram-se no dia seguinte para sua nova casa.

Era dia 25 de agosto. E o inverno e o verão tinham completado o primeiro ano.

O segundo ano

Era um dia lindo aquele 25 se agosto de 1886, em que Manly e Laura se mudaram para a nova casa.

– É um belo dia, tão belo quanto o dia do nosso casamento, apenas um ano atrás, e é um novo começo, como aquele dia também foi. Também temos uma nova casa, só que menor. Vamos ficar bem. Você verá. Tudo se equilibra no mundo. Os ricos...

Ele parou de falar, mas Laura não conseguiu evitar de completar a frase:

– Os ricos podem ter gelo no verão, mas os pobres têm o deles no inverno.

Bem, eles haviam tido seu gelo com a chuva de granizo em pleno verão.

Laura não devia pensar naquilo agora. Precisava arrumar a casa nova e torná-la confortável para o marido. O pobre Manly estava enfrentando dificuldades, mas fazia sempre o melhor que podia. A casa não era tão ruim. O cômodo novo era estreito e não muito comprido. Ficava de frente para o sul e tinha uma porta e uma janela num alpendre estreito, que terminava na parte antiga da cabana, a oeste.

Havia uma janela na parede leste da sala. O espelho estava pendurado no canto sul, com a mesinha embaixo. A cabeceira da cama ficava perto da janela do outro lado e seguia ao longo da parede norte.

O fogão ficava no canto noroeste do cômodo e tinha um armário ao lado. A mesa da cozinha estava encostada à parede oeste, perto da extremidade sul.

O tapete do quarto estava colocado no canto leste, com a poltrona e a cadeira de balanço pequena de Laura, perto uma da outra, entre as janelas. O sol entrava de manhã pela janela leste e iluminava todo o cômodo. Era tudo muito aconchegante e agradável.

O cômodo que antes era toda a cabana se tornou um depósito muito conveniente, e os animais ficaram confortáveis em seu novo estábulo. Protegido do norte e do oeste por uma colina baixa e de frente para o sul, ficaria quente no inverno.

A casa era nova e fresca. O vento ondulava as gramíneas altas do charco, que se estendia do pé da colina, perto do estábulo, até o sul e o leste da propriedade. A casa ficava no topo de uma colina baixa e teria sempre terra de pradaria à sua frente. A terra cultivável ficava ao norte dessa colina, fora do campo de visão da casa, o que deixava Laura feliz. Ela adorava a visão da pradaria ininterrupta, as gramíneas balançando ao vento. O terreno era todo pasto, com exceção de um pequeno campo. Dez acres de terra cultivada eram exigidos por lei para se ter a escritura definitiva de uma reserva. As gramíneas ao norte da casa eram de terra firme, diferentes daquelas mais altas que cresciam em abundância no charco. Era época de cortar feno e todos os dias contavam para a quantidade de feno que poderia ser cortado antes do inverno.

Por causa da tempestade de granizo, a única colheita do ano seria de feno, por isso, assim que acabou de tomar o café da manhã, no dia seguinte à mudança, Manly atrelou Skip e Barnum à segadeira e começou a cortar feno.

Laura deixou o trabalho da manhã por fazer e foi junto para ver o início dos trabalhos. Depois, como o ar estava fresco e o feno recém-cortado exalavam um cheiro perfumado, ela se aventurou pelo campo, colhendo girassóis e outras flores. Devagar, Laura retornou à casa para concluir suas tarefas.

Ela não queria ficar dentro de casa. Teria bastante tempo para isso depois que o bebê nascesse, e se sentia muito melhor ao ar livre. Assim, depois de fazer rapidamente seus afazeres, Laura foi para o campo de feno onde Manly se encontrava.

Ele estava juntando o feno em uma pilha grande para transportar até o estábulo. Laura subiu na carroça e passou a pisar em cada monte jogado ali, que ficava cada vez mais alto. Quando chegaram ao estábulo, ela desceu do feno amparada pelos braços de Manly e voltou ao chão em segurança.

Manly fez fardos com um ancinho especial, que consistia em uma tábula larga e comprida com grandes dentes de madeira intervalados em toda a sua extensão. Havia dois cavalos atrelados, um de cada lado e, enquanto os dois caminhavam por uma longa fileira de feno, puxavam a tábua consigo. Os dentes compridos introduziam-se debaixo do feno, que se empilhava à frente da tábua e era pressionado no chão.

Quando já havia feno suficiente e ele se encontrava onde o fardo ficaria, Manly virava a tábua. Ela passava por cima da pilha de feno e várias pilhas formavam um fardo. Quando os cavalos se aproximavam, um de cada lado da pilha, o ancinho trabalhava, e Manly o seguia e jogava feno por cima, depois ia para o outro lado, atrás de mais.

Barnum se portava bem e sempre caminhava com seu lado da tábua corretamente. Mas Skip parava quando não era guiado, por isso Laura tinha de conduzi-lo, depois se sentava sobre a forragem macia e tomava sol, enquanto Manly buscava mais feno.

Quando a pilha ficava alta o bastante, Manly ajeitava-lhe as laterais com seu forcado e juntava todo o feno espalhado em volta, deixando-a uniforme. Depois ele cobria a pilha com mais feno da carroça.

O clima agradável do outono passou. As noites ficaram mais frias e começou a gear, determinando o fim do corte do feno.

Manly tinha hipotecado a casa por oitocentos dólares, o que lhe permitiu comprar o carvão para o inverno, que foi colocado no depósito.

O imposto de sessenta dólares (a outra propriedade ainda não era taxada, porque não pertencia a eles em definitivo) foi pago. Os juros e as promissórias do maquinário também. Eles ainda tinham dinheiro para semear na primavera e, esperavam, para sobreviver até a colheita seguinte.

O feno havia ajudado. Manly tinha vendido trinta toneladas por quatro dólares cada, e esses cento e vinte dólares foi tudo o que arrecadaram com a colheita.

Os gansos selvagens chegaram mais tarde do norte e não pareciam ter a menor pressa de ir para o sul. Alimentavam-se nos charcos e voavam de um lago para outro, cuja água ficava quase toda forrada deles. O céu se encheu de bandos em formação em V, e os seus grasnados ecoavam no ar. Um dia, Manly voltou correndo para casa e pegou sua espingarda.

– Tem um bando de gansos voando tão baixo que acho que posso abater um – ele disse a Laura.

Manly saiu depressa. Esquecendo-se do recuo que a velha espingarda dava ao disparar, ele a segurou contra o rosto, mirou e puxou o gatilho.

Laura o seguiu bem a tempo de vê-lo se virar, com a mão no rosto.

– Ah, acertou um ganso? – ela perguntou.

– Sim, mas não matei – Manly respondeu, enquanto enxugava o sangue escorrendo do nariz.

O bando de gansos seguiu adiante para se juntar aos seus iguais no lago.

O inverno ia ser ameno; os gansos sabiam que não havia pressa em ir para o sul.

O pequeno campo logo foi arado e a movimentação do trabalho acabou.

Em novembro, a neve chegou e cobriu a terra, possibilitando o uso de trenós. Manly e Laura, encapotados e cobertos, saíam com frequência para passear nas tardes ensolaradas. Como ela se sentia muito melhor ao ar livre, Manly fez um trenó individual e um peitoral para o velho Shep.

Nos dias agradáveis, Laura atrelava Shep ao trenó individual e deixava que a puxasse colina abaixo até a estrada. Então os dois subiam a colina, Shep puxando o trenó e Laura caminhando ao lado dele, para descer outra vez, até ela se cansar. Shep nunca se cansava e, às vezes, quando o trenó tombava e Laura rolava na neve, ele até parecia rir.

E assim passou o mês de novembro e chegou dezembro.

O sol brilhava na manhã do dia 5, mas o céu ao norte indicava chuva.

– É melhor se divertir ao ar livre o quanto puder hoje, porque o tempo talvez esteja ruim amanhã – Manly disse.

Assim, logo depois do café, Laura atrelou Shep ao trenó e desceu pela colina pela primeira vez no dia. No entanto, não passou muito mais tempo fora.

– Não estou com vontade de brincar hoje – ela disse a Manly, quando ele voltou do estábulo. – Prefiro ficar perto do fogo.

De novo, depois do trabalho envolvendo a preparação do almoço, tudo o que ela fez foi ficar sentada em sua cadeira de balanço diante do fogo, o que preocupou o marido.

À tarde, Manly foi ao estábulo e voltou com os cavalos atrelados ao trenó.

– Vou buscar Ma – ele disse. – Fique bem sossegada aí até eu chegar.

Nevava forte quando Laura o viu, pela janela, afastar-se com a parelha trotando em alta velocidade. Laura achava que aquele ritmo teria lhes rendido o prêmio da corrida de 4 de julho.

Ela ficou esperando, sentada junto ao fogo ou perambulando pela casa, até que Manly voltou com Ma.

– Minha nossa – a mãe exclamou, aquecendo-se perto do fogão. – Você não deveria estar de pé. Vou levar você para a cama agora mesmo.

Laura respondeu:

– Terei bastante tempo para ficar na cama. Agora, quero ficar de pé tanto quanto possível.

No entanto, logo parou de fazer objeções e só notou vagamente quando Manly saiu de novo para buscar uma amiga da sogra na cidade.

A senhora Power era uma mulher irlandesa simpática e alegre. Laura só notou sua presença ao ouvi-la dizer:

– Ela ficará bem, certamente, pois é jovem. Tem dezenove, você disse? Como minha Mary. Mas acho que é melhor chamarmos o médico.

Quando Laura voltou a perceber o que se passava à sua volta, Ma e a senhora Power estavam cada uma de um lado da cama. E era Manly aos seus pés? Não! Manly havia ido buscar o médico. Então havia duas Ma e duas senhoras Power? Elas pareciam estar em toda parte.

Como era o antigo hino que Pa costumava cantar?

... anjo
Venha ficar ao meu lado
Ah, leve-me em suas asas de neve
Para...

Uma onda de dor a carregava. Uma rajada de ar frio a trouxe de volta e ela viu um homem alto tirar o casaco cheio de neve à porta e se aproximar dela, à luz do candeeiro.

Laura sentiu vagamente um pano tocar seu rosto e aspirou um cheiro forte. Então mergulhou numa escuridão abençoada onde não havia dores.

Quando abriu os olhos, o candeeiro ainda brilhava forte no quarto, e Ma estava debruçada sobre ela ao lado do médico. Na cama, a seu lado, havia uma trouxinha quente.

– Esta é sua filhinha, Laura! Uma neném linda de três quilos e meio – Ma falou.

– E você é uma boa garota – a senhora Power disse, sentada perto do fogo. – Uma garota boa e corajosa, e por causa disso a menina será boa também. Vocês ficarão bem.

Manly levou o médico e a senhora Power para casa. Ma ficou e Laura adormeceu na mesma hora, com a mão descansando delicadamente sobre a pequena Rose.

Rose era uma bebê muito boazinha, tão forte e saudável que Ma só precisou ficar alguns dias. Então foi substituída por Hattie Johnson.

– Desta vez, para lavar o bebê, em vez das janelas – ela disse.

Mas logo Hattie foi embora também e os três, Manly, Laura e Rose, ficaram a sós na casinha sobre a colina baixa, ouvindo os sons da pradaria deserta à sua volta.

Eles não tinham vizinhos, porque não existiam casas próximas o bastante, mas a um quilômetro e meio de distância, do outro lado do charco, viam-se algumas construções, já perto da cidade.

Cem preciosos dólares já haviam sido gastos com o médico, remédios e ajuda durante o verão e o inverno, mas uma rosa em dezembro era muito mais rara que uma rosa em junho, e eles deviam pagar o preço justo por sua Rose.

O Natal estava chegando e a bebê era um belo presente. Na véspera, Manly levou um carregamento de feno para vender na cidade e voltou com um lindo relógio. Tinha quase sessenta centímetros de altura, desde a base de nogueira sólida até os entalhes no topo.

A porta de vidro que protegia o mostruário tinha uma videira e quatro pássaros desenhados em dourado. O pêndulo que balançava de um lado para outro também era dourado.

O relógio produzia um som agradável e alegre ao tiquetaquear e, quando informava as horas, seu tom era suave e límpido. Laura o adorou no mesmo instante.

Contudo, ainda que não pudessem confiar no velho despertador de níquel para ver a hora certa, ele ainda assim atendia a suas necessidades. Por isso, Laura disse, incerta:

– Mas deveríamos...

Então Manly a interrompeu dizendo que havia trocado a carga de feno pelo relógio, como presente de Natal para os três. A forragem guardada para os animais estava aguentando tão bem que tinham mais do que o suficiente para o restante do inverno e, na verdade, não poderia ter conseguido dinheiro com a última carga porque já não estavam mais enviando feno para longe.

O Natal foi feliz, muito embora tivesse nevado a ponto de não poderem sair de casa.

Depois, o tempo ficou claro e ensolarado, porém frio – atingindo quase vinte graus negativos em alguns dias.

Um dia, no entanto, excepcionalmente quente, Laura desejou ir visitar Ma e Pa de trenó, já que fazia muito tempo que não saía de casa. Mas seria seguro para a bebê?

Eles tinham certeza de que sim. Colocaram, então, alguns cobertores para esquentar perto do fogo. Manly levou o trenó até a porta e fez um ninho com eles, ao abrigo do painel da frente. Rose foi colocada nesse ninho, enrolada em mais cobertores aquecidos, vestindo sua capa e seu capuz vermelhos, e com um lenço de seda azul sobre seu rostinho.

Então eles partiram, com os cavalos avançando rápido e os sinos do trenó soando festivamente.

Várias vezes, Laura enfiou a mão entre os cobertores para tocar o rosto de Rose e se certificar de que ela estava aquecida e conseguindo respirar por baixo do lenço.

Pareceu que apenas alguns minutos tinham se passado quando eles pararam na antiga casa de Laura. Os três entraram rapidamente na moradia e ouviram Ma e Pa lhes passarem um sermão.

– Vocês são malucos! – Pa disse. – Sair com um bebê quando está dez graus abaixo de zero.

O termômetro de fato marcava aquela temperatura.

– Ela poderia ter sufocado – Ma acrescentou.

– Eu fiquei verificando. Não havia como – Laura respondeu.

Rose balançou os dedinhos e emitiu um som. Estava aquecida e feliz, depois de tirar uma bela soneca.

Laura não havia considerado que podia ser perigoso sair com a bebê. Ela ficara ansiosa durante todo o trajeto de volta e depois feliz, ao chegarem em segurança. Parecia que cuidar de um bebê não seria uma tarefa fácil.

Por um tempo, não passearam mais de trenó, até que, em um dia de calor, eles viajaram por seis quilômetros para visitar os Boast, seus bons amigos.

O senhor e a senhora Boast moravam sozinhos em sua fazenda. Não tinham filhos e fizeram uma festa para Rose.

Quando a visita terminou, o senhor Boast, que estava ao lado da carroça para vê-los partir, começou a falar, hesitou por um momento e por fim disse, com a voz estranha:

– Se me deixarem levar a criança para Ellie cuidar dela, podem escolher o melhor cavalo do meu estábulo e levá-lo para casa.

Manly e Laura ficaram em choque. O senhor Boast prosseguiu:
– Vocês podem ter outro bebê, nós não. Nunca teremos.
Manly pegou as rédeas e Laura disse, ofegante:
– Oh, não. Não! Vamos, Manly!
Enquanto se afastavam, ela abraçou Rose bem forte. Ao mesmo tempo, sentiu pena do senhor Boast, estático onde o haviam deixado, e da senhora Boast, que esperava dentro de casa, sem dúvida sabendo o que ele ia propor.

O restante do inverno passou depressa. Não houve mais nevascas e o tempo se manteve quente para a estação. Quando abril chegou, todas as fazendas começaram a semear.
No dia 12 de abril, Manly foi até o estábulo atrelar os animais para o trabalho da tarde.
Quando ele entrou no estábulo, o sol brilhava quente e não havia nenhum sinal de tempestade. Mas, depois de escovar e arrear os cavalos, no momento que ia sair, ouviu um estrondo como se algo tivesse batido contra o outro lado do estábulo. O vento começou a uivar e, ao olhar para fora, não dava para ver nada além da neve rodopiante. Uma nevasca em abril! Ora, aquele era o momento de fazer o trabalho da primavera! Manly mal podia acreditar em seus olhos. Ele os esfregou e olhou de novo. Então desarreou os animais e voltou para casa. Era um trajeto considerável, sem conseguir enxergar nada além dos redemoinhos de neve, embora houvesse algumas coisas no caminho – o trenó duplo, a carroça, o trenó individual. Reorientando-se a partir da posição de cada um, Manly chegou em segurança à casa. Laura tentava enxergar pela janela, ansiosa, à espera de qualquer sinal de que Manly se aproximava, mas só o viu de fato quando a porta se abriu.

Foi a pior nevasca do inverno. Durou dois dias, sem abrandamento do vento, que manteve seu grito selvagem e agudo o tempo todo. Dentro de casa, no entanto, continuava aconchegante. Os animais estavam a salvo e aquecidos no estábulo, e, orientando-se pelas posições dos trenós e da carroça, Manly conseguia ir e voltar em segurança uma vez ao dia, para lhes dar água e comida.

Quando, na manhã do terceiro dia, o sol nasceu brilhando e o vento se reduziu a algumas rajadas, pareceu que o inverno havia voltado. Muita gente tinha sido pega pela tempestade e, perto dali, dois viajantes perderam a vida.

Enquanto o senhor Bowers trabalhava em sua terra, três quilômetros ao sul da cidade, dois desconhecidos chegaram a pé da cidade. Eles tinham parado e perguntado como poderiam chegar à casa do senhor Matthews, dizendo que eram amigos de Illinois. Bowers apontara na direção da casa de Matthews, que estava à vista plenamente, mais adiante na pradaria. Então os dois homens seguiram seu caminho.

Depois que a tempestade acabara, o senhor Bowers vira o senhor Matthews passando a caminho da cidade e perguntara a respeito de seus amigos de Illinois. Como Matthews não os tinha visto, os dois foram procurá-los e acabaram os encontrando em um fardo de feno isolado no meio da pradaria deserta, consideravelmente longe do caminho que deviam ter seguido. Eles tinham puxado um feno do fardo e acendido para fazer uma fogueira. Depois, haviam desistido da ideia de se aquecer com uma fogueira envolta em vento e neve e rastejaram para dentro do buraco no fardo. E lá morreram de hipotermia.

Se tivessem continuado a andar, poderiam ter sobrevivido à baixa temperatura, porque a nevasca durara apenas dois dias. Ou, se estivessem vestidos de maneira adequada, não teriam congelado no interior do fardo. Mas o que usavam eram roupas finas, próprias para o verão de Illinois, e não para uma nevasca no Oeste.

A neve logo desapareceu e a primavera chegou de verdade, com o canto das cotovias-do-prado e o perfume das violetas e da grama nova no ar. Toda a pradaria assumia um tom suave de verde.

Laura colocou Rose em um cesto, com sua touquinha na cabeça, mantendo-a por perto enquanto se ocupava da horta com Manly.

O velho Shep havia desaparecido. Nunca tinha se dado bem com Rose e parecia ter ciúme dela. Um dia, partiu e não voltou mais, e ninguém soube de seu destino. Por outro lado, um são-bernardo preto perdido, enorme e amistoso, havia chegado à casa e ocupara o seu lugar.

O são-bernardo parecia achar que cabia a ele cuidar de Rose, e, onde quer que a bebê estivesse, ele podia ser encontrado deitado ou sentado ao seu lado.

O fogão foi transferido para o depósito, deixando o outro cômodo mais fresco para o clima quente. Laura trabalhava com alegria na cozinha de verão, com Rose e o cachorrão preto brincando ou dormindo no chão.

Não podiam andar a cavalo em segurança com a bebê, mas Laura não sentiu muita falta disso, porque Manly prendeu uma caixa na frente da charrete que deixava espaço o bastante para os pés de Laura no lugar do condutor. Quando terminava o trabalho depois do almoço, ela atrelava Barnum à charrete e, com Rose num caixote, usando sua touca cor-de-rosa, ia aonde desejava. Às vezes, até a cidade, embora com mais frequência visitasse Ma e as irmãs.

A princípio, Ma ficou com medo de que Rose viajasse daquela maneira, mas logo se acostumou. Embora Barnum andasse rápido, era gentil como um gatinho, e a charrete, com suas duas rodas, era leve e segura. Rose não tinha como cair do caixote, e Laura era uma boa condutora. Nunca havia passado apuro com Barnum puxando a charrete.

Manly não se importava com o quanto ela saísse, desde que voltasse para casa a tempo de preparar o jantar.

Entre os afazeres domésticos, a horta, cuidar da filha e passear de charrete com ela, o verão logo passou e chegou o momento de cortar o feno outra vez. Rose então ficava ao abrigo de uma pilha de feno e observava a mãe conduzindo Skip, enquanto operava o ancinho.

Laura e Manly gostavam de ficar no campo ensolarado. Às vezes, eles deixavam Rose dormindo com o são-bernardo de guarda, enquanto ela conduzia Skip e Barnum, que puxavam a segadeira, e Manly cortava feno com Fly e Trixy.

Naquele outono não foi preciso cozinhar para outros debulhadores, pois os rendeiros da outra propriedade estavam cuidando de tudo.

A produção de grãos acabou não sendo tão grande quanto deveria. A temporada havia sido muito seca. O preço do trigo também estava mais baixo – apenas cinquenta centavos a saca.

De qualquer maneira, eles ganharam dinheiro suficiente para pagar os juros e as promissórias mais baixas – da segadeira, da grade aradora e do arado, além da primeira parcela da enfardadeira. Ainda tinham de pagar a promissória da carroça, os quinhentos dólares da casa e os oitocentos dólares da hipoteca da propriedade. Também precisavam guardar sementes para o plantio, pagar impostos, comprar carvão e sobreviver até a colheita seguinte.

Haveria outra vez o feno e naquele ano tinham dois novilhos de dois anos para vender, muito grandes e saudáveis, de modo que chegariam ao preço de doze dólares cada. Os vinte e quatro dólares ajudariam a comprar mantimentos.

Considerando o tempo, eles não haviam se saído tão mal.

O dia 25 de agosto chegou outra vez, e aquele inverno e o verão constituíram o segundo ano.

O terceiro ano

Com a chegada do tempo frio, Laura propôs que levassem o fogão de volta para o outro cômodo e não conseguiu entender por que Manly adiava aquela mudança; até que um dia ele chegou da cidade com um aquecedor a antracito.

Era um belo aquecedor de ferro preto bem polido e com acabamento em níquel brilhante.

Manly explicou que a compra acabaria representando uma economia de dinheiro. O aquecedor precisava de tão pouco carvão que, muito embora o preço da tonelada do antracito fosse doze dólares, em vez dos seis da hulha, o custo total seria menor. E ainda teriam calor constante e uniforme durante a noite e o dia. Com ele, tampouco ficariam doentes por, primeiro, passar calor e, depois, frio, como acontecia com o fogão antigo. O tampo de níquel do aquecedor novo era removível e poderiam cozinhar tudo ali, exceto assar. Quando precisassem do forno, poderiam acender o fogão da cozinha de verão.

Rose já começava a engatinhar, ou melhor, a rastejar, e o chão precisava ser mantido aquecido para ela.

Laura sentia que não podiam arcar com aquele belo aquecedor, mas aquilo só dizia respeito a Manly. Ela não precisava se preocupar com aquela compra – e Manly sofria com o frio. Parecia que suas roupas nunca ficavam quentes o bastante. Ela estava até tricotando uma blusa de manga comprida, de lã fina e macia, para dar a ele de presente de Natal.

Era difícil terminá-la escondido dele, mas prometeu a si mesma que, depois do Natal iria tricotar outra igual.

Manly usou a blusa nova quando eles saíram de trenó para o almoço de Natal, na casa da família dela.

Estava escuro quando eles deixaram a casa de Pa e Ma. Tinha começado a nevar e, por sorte, não se tratava de uma nevasca, embora houvesse vento, claro. Rose estava bem coberta e protegida nos braços de Laura, ambas enroladas em cobertores e mantas, e Manly, ao seu lado, usava um capote de pele.

A viagem era lenta em meio à neve e à escuridão. Depois de algum tempo, Manly parou os cavalos.

– Acho que saíram da estrada. Não gostam de ir contra o vento – ele disse.

Manly se livrou das cobertas, desceu do trenó e olhou de perto para o chão, em busca de qualquer marca da estrada, mas a neve havia coberto tudo. Finalmente, raspando a neve com os pés, Manly encontrou os sulcos das rodas, por baixo, só um pouco mais para um dos lados.

Ele caminhou pelo resto do caminho, seguindo a estrada pelos vagos sinais que podiam ser encontrados de tempos em tempos, enquanto a neve caía na escuridão, sem poder enxergar a pradaria à frente.

Eles ficaram gratos quando chegaram à casa e puderam desfrutar do calor do aquecedor. Manly comentou que a blusa que Laura lhe havia feito já tinha provado seu valor.

Embora o tempo tivesse continuado frio, não houve mais nevascas pesadas, e o inverno foi passando de maneira agradável. Peter, primo de Laura, chegou do sul do estado e começou a trabalhar para os Whitehead, que moravam alguns quilômetros ao norte. Ele muitas vezes ia visitá-los aos domingos.

Para surpreender Manly em seu aniversário, Laura convidou Peter e os Whitehead para almoçar e preparou diversos pratos na cozinha de verão. Fazia um dia estupendo e menos friorento para a estação, e o almoço foi um grande sucesso.

Apesar de não estar fazendo muito frio, Laura pegou uma gripe forte e teve um pouco de febre, o que a obrigou a ficar de cama. Ma veio para ver como Laura estava e levou Rose para passar uns dias com ela. Em vez de melhorar, a gripe piorou, parecendo se instalar na garganta de Laura. O médico veio e viu que não se tratava de uma gripe, e sim de difteria.

Pelo menos Rose não estava mais em casa e se encontrava em segurança com a avó, exceto se tivesse contraído a doença antes de ir. Foram vários dias de ansiedade, com Laura sendo cuidada por Manly, até o médico garantir que Rose tinha se livrado da pior fase da enfermidade.

Depois, porém, Manly contraiu difteria, e, na sua visita matinal a Laura, o médico ordenou que ele também permanecesse de cama, dizendo que mandaria alguém da cidade para ajudá-los. Pouco tempo depois da saída do médico, Royal, o irmão de Manly, chegou para cuidar dele e da cunhada. Ele era solteiro e morava sozinho, sendo assim, a melhor opção para o trabalho.

Sob os cuidados um tanto rústicos de Royal, Manly e Laura ficaram juntos no mesmo quarto, durante os dias difíceis de febre. A doença de Manly manteve-se leve, mas a de Laura tinha altos e baixos.

Finalmente, os dois se recuperaram. O último conselho do médico foi que não se esforçassem demais nas tarefas do dia a dia. Cansado e um pouco debilitado também, Royal voltou para a casa dele. Bem encapotados, Laura e Manly passaram um dia na cozinha de verão, enquanto o quarto onde haviam estado tantos dias era fumigado.

Passados alguns dias, Rose foi trazida para seus pais. Ela tinha aprendido a andar no tempo que passara fora e parecia ter crescido mais. Era reconfortante vê-la dar seus passinhos rápidos pela casa e, acima de tudo, era bom eles terem recuperado a saúde de novo.

Laura achava que o mal passara de vez, mas só passaria alguns dias depois.

Manly, ignorando o aviso do médico, dedicou-se arduamente ao trabalho e por muitas vezes sentiu tontura ao levantar-se da cama, porque suas pernas não obedeciam ao seu comando, parecendo entorpecidas até os quadris. E só depois de Laura massageá-las é que ele conseguia se locomover um pouco.

Juntos, marido e mulher, conseguiram manter algumas tarefas em dia.

Uma manhã, após o desjejum, Laura ajudou Manly a atrelar a carroça e ele foi ao médico para uma consulta.

– Uma paralisia leve – o médico disse – por se exceder no trabalho logo após a difteria.

A partir daquele diagnóstico, tanto o médico quanto Laura passaram a travar uma longa luta para fazer as pernas de Manly voltarem ao normal. Às vezes havia uma melhora, às vezes uma piora, mas pouco a pouco, tomando as devidas precauções, Manly se refez totalmente da enfermidade.

Nesse ínterim, a primavera chegou. A doença, com as contas do médico, ficara muito cara. O dinheiro não ia durar até a colheita seguinte. O rendeiro da segunda propriedade ia se mudar e Manly, no seu estado, não seria capaz de cultivar dois terrenos. As jovens árvores precisavam ser cuidadas para prosperar, e Manly necessitava delas para obter a escritura definitiva da propriedade.

Algo tinha de ser feito. Em meio à urgência, apareceu um comprador para a propriedade de que Manly já tinha escritura. Ele assumiria a hipoteca de oitocentos dólares e daria mais duzentos a Manly. E, assim, a propriedade foi vendida e Manly e Laura voltaram a se mudar para sua antiga casa no começo da primavera.

A pequena casa estava em mau estado, mas, depois de ser pintada, ter as telas e janelas consertadas e ser muito bem limpa, ela voltou a parecer nova e agradável. Laura sentia que estava em casa outra vez e tornou-se mais fácil para Manly caminhar por um terreno plano até o estábulo do que subir e descer as colinas da outra propriedade.

Aos poucos, ele superava os efeitos da paralisia, mas ainda perdia o equilíbrio e caía, se por acaso desse uma topada. Manly não conseguia passar por cima de uma tábua no caminho – tinha de contorná-la. Seus dedos também haviam perdido a agilidade e se atrapalhavam, a ponto de não conseguir atrelar e desatrelar a parelha, mas ainda era capaz de conduzir os animais, se estivessem prontos.

Assim, Laura atrelava os cavalos e ajudava Manly a sair, depois precisava estar a postos para ajudá-lo a desatrelar quando voltava.

O rendeiro havia adquirido a propriedade com o terreno já arado para o outono, portanto, o devolvera do mesmo jeito. Manly só tinha de rastelar e semear. Apesar de trabalhar vagarosamente, ele terminou o trabalho a tempo.

As chuvas caíram quando necessário e o trigo e a aveia cresceram bem. Só precisavam que continuasse chovendo com frequência... sem granizo.

Havia três bezerrinhos no estábulo e dois jovens potros correndo por toda parte, fora o potro que tinham comprado com o último pagamento que Laura recebera da escola, o qual crescera bem e agora estava com três anos. O pequeno bando de galinhas botava bastante ovos. Ah, as coisas não andavam tão mal assim...

Rose perambulava pela casa, brincando com o gato ou agarrando a saia de Laura, enquanto ela fazia as tarefas da casa.

Foi uma época movimentada para Laura, com os fazeres domésticos, os cuidados com Rose e a necessidade de ajudar Manly sempre que precisava dela. Ela não se importava nem um pouco, porque Manly estava recuperando o uso das mãos e dos pés. Devagar, a paralisia diminuía.

Manly passava bastante tempo cuidando das árvores. O tempo estivera muito seco no verão anterior para que crescessem bem, e elas não estavam florescendo como deviam na primavera.

Algumas estavam mortas e foram substituídas por novas mudas. Ele podou as demais, abriu buracos em volta das raízes e lavrou o terreno em volta.

Entretanto, o trigo e a aveia cresciam vicejantes.

– Vai ficar tudo bem este ano – Manly disse. – Uma boa colheita vai nos colocar no caminho certo. As expectativas são boas.

Os cavalos não estavam trabalhando em excesso. Skip e Barnum faziam o necessário e Trixy e Fly engordavam no pasto. Manly comentou que precisavam andar com eles, mas Laura não podia deixar Rose sozinha, tampouco levá-la consigo de maneira segura e prazerosa.

Depois do jantar, com Rose no berço, tudo ficava em silêncio, e eles não tinham muito o que fazer. A menina ficava tão cansada de brincar que dormia horas seguidas. Por isso, Laura e Manly adquiriram o hábito de selar os pôneis e cavalgar neles na estrada defronte da casa, correndo menos de um quilômetro rumo ao sul, voltando, então, pela entrada em semicírculo diante da casa e parando para ver se Rose continuava dormindo. Depois seguiam menos de um quilômetro para o norte e voltavam para dar mais uma olhadela em Rose. Cavalgavam até que os pôneis e os cavaleiros estivessem cansados. Trixy e Fly gostavam de correr sob o luar, do susto que lhes causava a sombra de um monte de feno na estrada e/ou do salto inesperado de uma lebre.

Um domingo, o primo Peter disse a Manly e Laura que o senhor Whitehead queria vender seu rebanho de ovelhas, uma centena de shropshire puro-sangue.

No outono haveria uma eleição presidencial e parecia que os democratas iam vencer o pleito. O senhor Whitehead, que era um bom republicano, tinha certeza de que o país ficaria arruinado se aquilo acontecesse. Não haveria mais taxação, fazendo com que a lã perdesse o seu valor e, consequentemente, as ovelhas também. Peter tinha certeza de que elas poderiam ser compradas por um excelente preço e queria fazê-lo, porém, não teria onde deixá-las.

– O que seria um excelente preço? Quanto teria de pagar? – Manly perguntou.

Peter estava certo de que conseguiria comprá-las por dois dólares cada, uma vez que o senhor Whitehead estava bastante preocupado com a eleição presidencial.

– Só a venda de lã na próxima primavera já seria o suficiente para pagar por elas – ele acrescentou.

Eram cem ovelhas. Peter tinha cem dólares de salário para receber. Era metade do dinheiro necessário para comprar todas, a dois dólares cada.

No pensamento de Laura, eles tinham terra suficiente, usando o lote da escola que ficava logo ao sul da propriedade: um lote inteiro com bom pasto e feno grátis para quem chegasse primeiro e o utilizasse. Pela primeira vez, Laura ficou feliz que a lei de Dakota assegurasse duas áreas escolares em cada cidade, e especialmente satisfeita por uma delas estar próxima de sua propriedade.

– Teríamos pasto e forragem suficiente e poderíamos construir um bom abrigo – disse Manly.

– Mas e os outros cem dólares? – Laura perguntou, hesitante.

Manly a lembrou do potro que haviam comprado com o último salário dela. Disse que acreditava que poderia vendê-lo por cem dólares, e ela comprar metade das ovelhas, se estivesse disposta a correr o risco.

E assim foi decidido. Se Peter conseguisse todas as ovelhas por duzentos dólares, Laura pagaria por metade delas. Peter cuidaria das ovelhas, pastoreando-as no terreno da escola durante o verão. Juntos, Peter e Manly cortariam feno, sendo que Manly forneceria as parelhas e o maquinário. Atrás do estábulo, eles construiriam um redil para as ovelhas, com um espaço aberto cercado com arame para elas. Peter moraria com eles e ajudaria com as tarefas.

Alguns dias depois, o potro foi vendido. Peter chegou com as ovelhas e entrou no cercado que havia sido construído para elas. Eram cem ovelhas de boa qualidade e seis mais velhas, que tinham sido entregues de graça.

A partir daí, todas as manhãs Peter levava as ovelhas até o terreno da escola para pastar, tomando o cuidado de mantê-las longe das gramíneas que seriam cortadas para o feno.

Chovia com frequência. Parecia até que o vento não soprava com a força usual. O trigo e a aveia cresciam esplendidamente.

A colheita aproximava-se depressa. Faltava só mais um pouco para garantir que nada de mal aconteceria com a safra.

Com medo de granizo, Manly e Laura ficavam de olho nas nuvens. Se não pudessem escapar dele...

Conforme os dias passavam sem que nenhum granizo caísse, o pensamento de Laura era um só: "Tudo se equilibra no mundo. Os ricos podem ter gelo no verão, mas os pobres têm o deles no inverno". Quando se surpreendia com tal pensamento, soltava uma gargalhada nervosa. Não devia ficar tensa. No entanto, conseguir colher e vender a safra significaria muito para eles. Livrarem-se das dívidas e poderem usar em seu proveito o dinheiro dos juros tornaria tudo muito mais fácil no inverno que logo chegaria.

Finalmente, o trigo começou a ficar dourado e Manly estimou que o acre renderia quarenta sacas. Então, em certa manhã, um vento vindo do sul soprou forte e quente. Antes do meio-dia, o vento já estava mais forte e mais quente. E continuou soprando quente por três dias.

Quando o vento finalmente amainou e a manhã do quarto dia amanheceu serena, o trigo estava seco e amarelo. Os grãos estavam secos e murchos, até enrugados. Não valia a pena colhê-los como trigo, mas Manly atrelou Skip e Barnum à segadeira e o cortou junto com a aveia para emedar como feno e, sem debulhar, alimentar os animais, substituindo a aveia e os grãos.

Assim que isso foi concluído, chegou o momento de cortar o feno no terreno da escola, porque precisavam fazê-lo antes de qualquer outra pessoa. Seria deles se fossem os primeiros a reclamá-lo e a cortá-lo. Laura e Rose o acompanharam ao campo de feno. Laura conduzia a ceifeira enquanto Manly passava o rastelo pelo feno cortado na tarde anterior. Um menino da vizinhança foi contratado para pastorear as ovelhas, enquanto Peter ajudava Manly a fazer os fardos. Logo, havia fardos grandes em toda a volta do redil das ovelhas e de três lados do cercado, deixando apenas a porção sul desimpedida.

E o dia 25 de agosto chegou e passou, e com ele terminou o terceiro ano de Manly e Laura como agricultores.

Um ano de graça

A lavra do outono teve início assim que a preparação do feno chegou ao fim, mas o trabalho era duro demais para Skip e Barnum, mesmo com a ajuda dos pôneis. Trixy e Fly eram pequenos e não tinham força suficiente. Haviam sido preparados para cavalgar. Às vezes, Fly demonstrava resistência ao trabalho, dando coices quando lhe prendiam os tirantes.

Certa vez, Laura estava ajudando Manly a atrelar os cavalos ao arado e perdeu Rose de vista. Ela parou de mexer nos arreios na mesma hora, olhou em volta rapidamente e perguntou:

– Onde está Rose, Manly?

Uma diminuta mão afastou a cauda de Fly, do lado oposto dos quatro cavalos emparelhados. Em seguida, um rostinho apareceu entre o pônei e o rabo e ouviu-se a vozinha de Rose dizer:

– Aqui!

As mãos de Manly já não estavam tão rígidas e inábeis. Talvez ele logo pudesse passar as correias e as fivelas sozinho.

Naquela noite, a parelha estava cansada. Laura mal conseguia olhar para os cavalos enquanto os desatrelava. A cabeça sempre animada de Skip pendia e os pés dançantes de Barnum se mantinham imóveis.

Manly disse que precisaria de outra parelha, porque queria arar os sessenta acres que faltavam para poder semear os cento e sessenta totais na primavera.

– Os três anos acabaram... – Laura comentou. – Você acha que tivemos sucesso como fazendeiros? – ela perguntou.

– Bem, não sei – foi a resposta de Manly. – Não foi tão ruim. Claro que as colheitas não foram as que esperávamos, mas agora temos quatro vacas e alguns bezerros; também temos quatro cavalos e os potros, o maquinário e as ovelhas... Se conseguíssemos uma boa colheita... Uma única boa colheita e estaríamos bem. Vamos tentar mais um ano, porque agora estamos bem preparados para a agricultura. Temos terras e está tudo certo com a fazenda. Além disso, não temos capital algum para começar outra coisa fora daqui.

Do modo como Manly falava, parecia a coisa mais sensata a ser feita. Não parecia haver outra coisa que pudessem arriscar, mas quanto a estar tudo certo com a fazenda, os quinhentos dólares que ainda deviam pela casa preocupavam Laura. Eles não haviam nem começado a pagar aquela dívida. Tampouco tinham pago a enfardadeira e era difícil arranjar dinheiro para quitar os juros. Ainda assim, Manly talvez estivesse certo. Talvez a sorte deles fosse mudar, e um bom ano compensaria tudo.

Manly comprou dois bois Durham que tinham sido domesticados para trabalhar. Eram animais enormes: King era vermelho e pesava novecentos quilos; Duke era vermelho e branco e pesava mais de uma tonelada. Ambos eram tranquilos como vacas leiteiras, e Laura não demorou para aprender a atrelá-los sem medo – mas deixava Rose em casa enquanto o fazia. Os animais foram comprados por um bom preço – apenas vinte e cinco dólares cada um – e eram realmente muito fortes. Skip e Barnum assumiram o lugar dos pôneis e passaram a fazer o trabalho mais leve, enquanto os bois, emparelhados a eles, puxavam a maior parte da carga.

A aragem logo foi concluída e o revolvimento do trecho intocado do terreno foi feito antes de o frio chegar. O outono estava sendo quente e agradável, de modo que não precisaram apressar o trabalho.

O inverno passou sem grandes nevascas, o que era incomum, apesar do frio forte e de ter nevado ocasionalmente.

A casa permanecia aconchegante e confortável, com a proteção das janelas e portas e com o aquecedor novo no cômodo principal, entre a porta da frente e a janela leste. Manly havia melhorado o alpendre contra nevascas, ou cozinha de verão, fechando todas as frestas entre as tábuas, e agora o fogão ficaria ali durante o inverno também. A mesa fora colocada no lugar dele na sala da frente, entre a despensa e a porta do quarto, porque a cama de Peter ficava encostada à parede oeste, onde estivera a mesa. Gerânios floresciam em latas no parapeito da janela, crescendo exuberantes com o sol de inverno e com o calor do aquecedor.

Os dias passavam, bastante movimentados e agradáveis. O tempo de Laura estava totalmente ocupado com os afazeres domésticos e com Rose, que era uma garotinha tranquila, sempre distraída com seus livros ilustrados, seus cubos com letras e o gato.

Manly e Peter passavam bastante tempo no estábulo cuidando dos animais. A construção era comprida, ia desde as primeiras baias, onde ficavam os cavalos e potros, passava pelos bois, King e Duke, pelas vacas e bezerros, então vinha o cantinho onde ficavam as galinhas e terminava no redil das ovelhas.

Dava bastante trabalho limpar o estábulo e encher as manjedouras de feno. Depois tinham que dar grãos aos cavalos e escová-los regularmente. E todos os animais precisavam de água uma vez ao dia.

Quando o tempo estava bom, Manly e Peter pegavam um pouco de feno dos fardos nos campos e davam-no de comer aos animais, deixando um pouco no cercado para que as ovelhas se servissem também. Em geral, essa parte do trabalho terminava bem antes do horário das tarefas, mas uma tarde eles se atrasaram mais do que deviam. Como a neve estava profunda, precisaram usar King e Duke para carregar o feno e, embora os bois atravessassem a neve com mais facilidade do que os cavalos, eram, no entanto, mais lentos. Quando escureceu, Manly e Peter ainda estavam a mais de um quilômetro de casa.

Começara a nevar. Não chegava a ser uma nevasca, mas a neve caía densamente em meio a um vento fraco. Não havia perigo, mas era desconfortável e irritante ser puxado por bois que chafurdavam na neve em meio à escuridão.

Então eles ouviram um lobo uivar, depois outro e, em seguida, vários ao mesmo tempo. Fazia tempo que os lobos não provocavam danos aos fazendeiros, pois não restavam muitos por ali. Mas de vez em quando alguém os via e de quando em quando eles mantavam um bezerro perdido ou atacavam um rebanho.

– Parece que os uivos estão próximos de nossa casa – Manly disse. – Acha que vão entrar no cercado das ovelhas?

– Não com Laura lá – Peter respondeu. Manly não estava tão certo disso e trataram de apressar o passo.

Em casa, Laura começava a ficar ansiosa. O jantar estava quase pronto, mas ela sabia que Manly e Peter só comeriam depois de concluir as tarefas. Os dois já deveriam ter chegado e ela se perguntava o que poderia ter acontecido.

Rose já havia sido alimentada e dormia profundamente, mas Nero, o são-bernardo preto, parecia inquieto. De tempos em tempos, erguia a cabeça e rosnava.

Então Laura ouviu um lobo uivando! Seguiu-se outro, depois diversos uivos juntos. Em seguida, silêncio.

O coração de Laura parou. Seria possível que os lobos estivessem perto do redil? Ela aguardou, atenta, mas não ouviu nada além do barulho da neve contra as janelas. Ou aquilo era uma ovelha balindo?

Laura não sabia se devia ir até o cercado para ter certeza de que as ovelhas estavam bem. Ela hesitou e olhou para Rose, que continuava dormindo. Não seria novidade se a deixasse sozinha por alguns instantes.

Laura então vestiu o casaco e o gorro, acendeu uma lanterna e saiu para a fria escuridão acompanhada por Nero.

Ela seguiu depressa rumo à porta do estábulo, abriu-a e pegou o forcado. Então voltou a fechar a porta, deu a volta no estábulo e dirigiu a luz da lanterna o mais distante possível e em todas as direções.

O cachorrão trotava à sua frente, farejando o ar. Eles deram a volta no redil, mas tudo estava em silêncio, a não ser pelas ovelhas que se moviam inquietas dentro do cercado. Não se via nem se ouvia nenhum lobo. Laura parou junto ao portão do cercado, tentando escutar pela última vez qualquer som estranho antes de voltar para casa. Então um lobo voltou a uivar, muito mais para o norte do que antes. Tudo parecia tranquilo, muito embora Nero continuasse a rosnar baixo. Laura só teve consciência de que estivera apavorada quando se encontrou de novo em total segurança, em casa.

Rose continuava dormindo e não demorou muito para que Manly e Peter chegassem.

– O que você teria feito caso encontrasse os lobos? – Manly perguntou.

– Ora, eu teria afastado todos, claro. Foi por isso que peguei o forcado – Laura respondeu.

Em dezembro, Laura voltou a sentir os enjoos costumeiros de gravidez. A casa parecia-lhe abafada demais e não se sentia bem. Mas os demais moradores da casa precisavam ser cuidados, mantidos aquecidos e alimentados. O trabalho precisava ser feito e era ela que devia fazê-lo.

Um dia em que se encontrava especialmente triste e infeliz, o senhor Sheldon, um vizinho do lado oeste, um solteirão que morava sozinho, parou, a caminho de casa, e aproximou-se com um saco de grãos parcialmente cheio. Quando Laura abriu a porta, o vizinho entrou e despejou o conteúdo do saco no chão. Eram os volumes de *Waverly*[1].

– Achei que poderia gostar – ele disse. – E não tenha pressa! Pode levar o tempo que for para ler!

---

[1] Nome dado a uma série de livros de enorme sucesso à época, escritos anonimamente pelo romancista e poeta *sir* Walter Scott, o qual se intitulava apenas como "autor de Waverley". (N.E.)

Os primeiros quatro anos

Laura ficou encantada com aquele empréstimo. O senhor Sheldon, quase sem esperar agradecimento, abriu a porta e foi embora, fechando-a atrás de si rapidamente. As quatro paredes da casa fechada e aquecida pareceram mais aconchegantes enquanto Laura pensava nos cavaleiros corajosos, nas belas damas à beira de lagos e riachos da Escócia, ou em castelos e torres, salões nobres ou aposentos femininos, que deveria haver nas páginas encantadores do romance de *sir* Walter Scott.

Em sua pressa de cozinhar e voltar a ler os livros, até se esqueceu de se sentir mal diante da visão ou do cheiro da comida. Quando terminou de ler e retornou à realidade, Laura notou que se sentia muito melhor.

Era muito longa a distância entre as cenas dos contos antigos e glamorosos de Scott e a casinha na pradaria desolada e invernal, mas Laura conseguiu manter consigo parte de sua magia e enlevo, fazendo com que o inverno passasse de maneira satisfatória.

A primavera chegou e trouxe um pouco de calor. No primeiro dia de abril, já tinham concluído uma boa parte da semeadura e os homens estavam ocupados nos campos. A manhã do dia 2 estava ensolarada e tranquila. Peter levou as ovelhas para pastar, como sempre, enquanto Manly se dirigia ao campo. Ele ainda tinha dificuldade de atrelar os animais, e Laura o ajudava nessa tarefa.

Não demorou para começar a soprar um vento vindo do noroeste, brando no princípio, mas ganhando cada vez mais força, até que, às nove horas, havia tanta poeira no ar que Manly não conseguia enxergar onde semear. Ele voltou para casa e Laura o ajudou a desatrelar os animais e colocá-los no estábulo.

Dentro de casa, ouvindo o vento ganhando força, começaram a ficar preocupados por Peter não trazer as ovelhas de volta.

– Ele não pode tê-las levado muito longe em tão pouco tempo – observou Manly.

A poeira formava nuvens tão densas que eles, da janela, só enxergavam a curta distância. Alguns minutos depois, Manly decidiu sair para procurar Peter e ajudá-lo, se fosse necessário.

Manly os encontrou a quatrocentos metros do estábulo. Peter caminhava, puxando o pônei que carregava três cordeiros no lombo. Ele e o cachorro tentavam conduzir as ovelhas na direção do cercado. Os animais tinham dificuldade de ir contra o vento, mas precisavam fazê-lo para voltar para casa. Os animais não haviam sido tosquiados e seu velo estava comprido e pesado. As pobres ovelhas, com seus pequenos pés tendo de carregar tamanha carga de lã fofa, travavam uma verdadeira batalha contra o vento. Se uma delas virasse um pouco de lado, o vento entrava em meio à lã e a derrubava, às vezes a fazendo rolar cinco ou seis vezes antes de parar. Contra a força do vento, elas não conseguiam se levantar. Peter tinha que colocá-las de pé com a cabeça para a frente, a fim de que pudessem andar. Ele estava cansado e o cão e o pônei não tinham como ajudar; portanto, Manly chegara em boa hora.

Os dois levaram mais de uma hora para fazer as ovelhas atravessarem os quatrocentos metros que faltavam para entrar no redil.

Depois disso, ficaram todos dentro de casa, deixando o vento soprar. O rugido inundava seus ouvidos. Seus olhos e gargantas sentiam o efeito da poeira que entrava na sala, apesar das portas e janelas fechadas.

Pouco antes do meio-dia, alguém bateu à porta. Manly a abriu e deparou-se com um estranho.

– Só parei aqui para avisar que suas rodas estão girando – o homem disse, apontando a mão na direção do estábulo.

Em seguida, ele correu para a carroça, subiu e seguiu pela estrada. O estranho tinha o rosto enegrecido de poeira e desapareceu antes que tivessem tempo de reconhecê-lo como o homem que lhes comprara sua antiga propriedade.

Laura achou graça, mas ficou nervosa.

– As rodas estão girando – Laura repetiu. – O que ele quis dizer com isso?

Então, ela e Manly foram até a cozinha, olharam pela janela na direção do estábulo e entenderam: entre a casa e o estábulo, estava a carroça, com a sua grande grade. O vento a havia erguido e a derrubado, deixando-a de cabeça para baixo. A carroça então estava com as rodas livres no ar, todas as quatro girando ao vento.

O almoço consistiu em comida fria, porque ninguém estava com vontade de comer e não era seguro acender o fogão.

Perto de uma da tarde, Laura insistiu que sentia cheiro de fogo e que devia haver um incêndio ali por perto, mas não conseguiram ver fumaça em meio às nuvens de poeira.

O vento sempre fazia o fogo aumentar, e na pradaria muitas vezes ele soprava com força suficiente para carregar chamas à erva da frente, de modo que os incêndios sempre se propagavam mais rápido do que a erva arde. Certa vez, Manly e Peter tinham corrido na direção de um incêndio para tentar salvar um grande fardo de feno que se encontrava entre o fogo e eles. Conduziram os cavalos a toda velocidade até o local e saltaram para o chão, quando uma chama trazida pelo vento acendia a extremidade oposta do fardo. Cada um deles carregava um saco molhado para combater o fogo.

Os dois homens subiram na pilha e deslizaram pela extremidade, batendo nas chamas e apagando-as. Então deixaram que o fogo principal passasse pelos lados. A pilha de feno, Manly, Peter e os cavalos permaneceram intocados. Os animais tinham mantido a cabeça encostada no feno para poder respirar.

A velocidade do vento atingiu o pico por volta de duas da tarde, depois foi reduzindo gradualmente, tão devagar a princípio que mal se notava. Quando o sol se pôs, o vento deixou de soprar e a tranquilidade reinou.

Rose dormia, com seu rostinho cansado, sujo de poeira e transpiração. A exaustão prostrava Laura. Manly e Peter caminhavam como dois idosos quando saíram para ir ao estábulo ver se os animais tinham tudo de que precisavam para passar a noite.

Mais tarde, eles ficaram sabendo que houvera um incêndio na pradaria durante os ventos de cem quilômetros por hora, um incêndio terrível e furioso, que fora detido nas barreiras, porque as chamas eram carregadas muito adiante das gramíneas que ardiam. Em certos pontos, o fogo saltara, deixando a pradaria intocada. Chamas seguiam em frente, enquanto o vento apagava o fogo mais lento, como uma vela sendo assoprada.

Casas e estábulos cercados de valas como barreiras tinham sido queimados. O gado, encurralado pelo fogo, também morrera atingido pelas chamas. Uma carroça nova que se encontrava parada em um campo arado, a cem metros de qualquer erva, também fora atingida. Ela estava carregada com sementes de trigo, e seu dono a deixara lá ao abandonar o campo por causa do vento. Ao voltar, o fazendeiro encontrara apenas as partes de ferro da carroça. Todo o restante fora queimado.

Não havia como deter aquele fogo nem como lutar contra aquele vento.

O incêndio varreu toda a região, deixando a pradaria enegrecida atrás de si, até chegar ao rio. Já estava anoitecendo quando o vento amainou e o fogo extinguiu-se, quase a cem quilômetros de onde havia se iniciado.

Não restava nada a fazer além de semear os campos outra vez, porque as sementes tinham sido arrastadas pelo vento ou enterradas nos montes fora das áreas lavradas.

Por isso, Manly comprou mais sementes de trigo e de aveia na cidade, para finalmente concluir a semeadura.

As ovelhas foram tosquiadas e a venda da lã os animou, porque estavam pagando cinquenta centavos o quilo. Como cada animal fornecia em média cinco quilos de lã, cada ovelha pagara a si própria, além de ter rendido mais cinquenta centavos de lucro. Em fins de maio, nasceram os cordeiros, e eram tantos gêmeos que o rebanho mais que dobrou. Foi um momento de muito trabalho, tanto de dia quanto de noite, porque precisavam vigiar as ovelhas e cuidar das crias. Entre as cem ovelhas, apenas cinco não conseguiam ou não queriam amamentar os filhotes. Esses cinco cordeiros tinham sido levados para dentro de casa, onde ficavam aquecidos e tomavam leite de mamadeira.

Rose passava agora o tempo todo brincando no jardim, e Laura tentava vigiá-la enquanto sua touquinha cor-de-rosa saltitava de um lado para outro. Certa vez, Laura chegara bem a tempo de ver Rosa levantar-se da tina de água que estava debaixo do bico da bomba. Com água escorrendo do rosto e dos dedos abertos nas laterais do corpo, Rose dissera, sem choramingar:

– Quero ir para a cama.

Uma tarde, depois que Rose estava de banho tomado, penteada e vestida com roupas limpas, Laura a ouviu dar uma gargalhada. Foi à porta e viu a filha correndo em volta do estábulo.

– Oh, o Barnum fez assim – ela gritou.

Então ela se jogou no caminho de terra e, sacudindo os braços e pernas, rolou pelo chão. A cena era tão engraçada que Laura não pôde deixar de rir também, ainda que Rose tivesse sujado todo o vestido e terminado com terra no rosto e nas mãos, e com poeira no cabelo.

Numa outra vez, Laura viu que ela não estava no jardim e, morrendo de medo, correu até a porta do estábulo. Barnum estava deitado em sua baia, com Rose sentada a seu lado, dando chutinhos em sua barriga. Com cuidado, para não modificar a posição do seu corpo, o cavalo ergueu a cabeça e olhou para Laura, e ela teve certeza de que Barnum lhe piscou o olho.

Depois disso, Laura passou a tentar vigiar Rose mais de perto, mas não tolerava a ideia de mantê-la dentro de casa com a primavera tão alegre do lado de fora. O trabalho tinha de ser feito entre os momentos em que vigiava Rose pela porta ou pela janela da casa.

Em certa ocasião, Laura conseguiu impedir que Rose sofresse um acidente. A menina havia ido mais longe do que de costume e já retornava dando a volta no estábulo, quando Kelpie, a potrinha mais nova de Trixy, surgiu correndo pelo mesmo canto, perseguida por outra potra. Kelpie viu Rose tarde demais para desviar ou parar, então colocou mais força nos músculos e pulou por cima da cabeça da menina. Susan, a outra potra, que tentava provar, como sempre, que podia fazer tudo o que Kelpie fazia, a imitou e passou por cima da cabeça de Rose também.

Nervosa, Laura correu até a filha, pegou-a no colo e a levou para casa. A menina não sentira medo, mas Laura sim, e estava até se sentindo mal. Como podia cumprir suas tarefas e ficar atenta àquele tipo de coisa? Havia muito trabalho a ser feito e só ela para fazê-lo. Laura odiava a fazenda, o gado, os cordeiros fedidos, odiava cozinhar e lavar a louça. Ah, ela odiava tudo, principalmente as dívidas que precisavam ser pagas, quer ela pudesse trabalhar, quer não.

Mas Rose não estava ferida e agora queria uma mamadeira para alimentar a um dos cordeiros guachos. Laura procederia do mesmo modo... Não se deixaria abater, não ficaria se lamuriando. O que a personagem daquela história que ela havia lido no outro dia dizia? "A roda gira e gira, e depois de um tempo a mosca do lado de cima será a mosca do lado de baixo." Bem, ela não se importava com o que havia acontecido com a mosca de cima, mas gostaria que a que se encontrava embaixo tivesse conseguido subir um pouco. Laura estava cansada de esperar a roda girar. Os fazendeiros eram os que estavam embaixo, não importava o que Manly dizia. Se não fizesse o clima adequado, não tinham nada; no entanto, tendo algo ou não, precisavam dar um jeito de pagar juros, impostos e o lucro dos comerciantes da cidade, embutido em tudo o que necessitavam comprar para viver.

Ainda havia a promissória que Manly contraíra junto ao banco para comprar os grãos para o novo plantio, depois daquela ventania que levara todas as sementes que já estavam na terra. Ele pagava três por cento de juros ao mês. O dinheiro obtido na venda da lã tinha de ser gasto naquilo. Ninguém conseguia pagar juros tão altos. E ainda precisavam sobreviver no verão até a colheita seguinte. Sua cabeça girava continuamente quando pensava a respeito.

Haveria dinheiro para tudo? A parte deles da venda de lã era de cento e vinte e cinco dólares. De quanto era a promissória? Uma saca de semente de trigo por acre, a um dólar a saca, dava cem dólares. Duas sacas de aveia por acre em sessenta acres davam cento e vinte sacas. A quarenta e dois centavos a saca, dava cinquenta dólares e quarenta centavos. Com os cem do trigo, a promissória devia ser de cento e cinquenta dólares e quarenta centavos.

Parecia fazer muita diferença no preço do trigo se a pessoa estivesse vendendo ou comprando. Como Manly dizia, os custos de transporte e armazenamento deviam ser embutidos. Ainda assim, no entanto, não parecia justo.

De qualquer maneira, eles precisavam pagar a promissória o mais rápido possível. Nesse caso, poderiam comprar um livro de cupons na cidade e conseguir uma promissória com apenas dois por cento de juros ao mês. Era bom que os comerciantes tivessem aqueles livros com cupons de vinte e cinco centavos a cinco dólares e em livros de vinte e cinco a cinquenta dólares. Parecia conveniente e os juros eram mais baixos. Eles nunca haviam comprado um, e Laura esperava que nunca precisassem. De alguma maneira, a ideia feria mais seu orgulho do que uma promissória junto ao banco. Seu orgulho, no entanto, não deveria impedi-la de economizar um por cento. Ela não pensaria mais a respeito. Manly devia fazer como achava melhor. Era problema do marido, e ele não parecia preocupado.

Com o fim da primavera e a chegada do verão, as chuvas pararam e os grãos começaram a sofrer com falta de umidade. Toda manhã, Manly procurava ansioso por sinais de chuva, mas acabava indo trabalhar sem ter visto nenhum.

Então os ventos quentes vieram. Todos os dias o vento soprava forte, vindo do sul. Quando batia contra a face de Laura, ela o sentia como o ar quente que saía quando abria a porta do forno nos dias de fornada. Por uma semana inteira, o vento soprou quente. Quando parou, o trigo e a aveia jovens estavam secos, marrons e mortos.

As árvores dos dez acres estavam quase mortas também. Manly decidiu que não adiantava replantá-las para tentar atender às exigências da lei.

Àquela altura, ele já devia ter árvores adultas, mas não era o caso. Havia uma única maneira de salvar o terreno. Manly precisava entrar com um pedido de apropriação antecipada. Caso o fizesse, teria de pagar ao governo um dólar e vinte e cinco por acre, depois de seis meses. Provar residência não seria um problema, porque eles já moravam ali. Difícil seria arranjar os duzentos dólares em dinheiro em seis meses. Mas não tinham saída. Se Manly não entrasse com o pedido, outra pessoa entraria, uma vez que, ao não conseguir sua escritura definitiva, o terreno retornaria ao governo, que voltaria a oferecê-lo a quem se habilitasse.

Assim, Manly entrou com o pedido. Havia uma vantagem: ele não precisaria mais se preocupar com as árvores. Uma ou outra havia sobrevivido, as quais Manly cobriu com palha e esterco do estábulo. A cobertura ajudaria a manter a terra úmida para que as árvores sobrevivessem. O choupo que ficava em frente à janela da despensa, ao norte da casa, acabava ficando protegido da força total dos ventos quentes e do sol. Apesar da seca, ele crescia. Laura amava os galhos verdes que acenavam do outro lado enquanto preparava a comida na prateleira larga, diante da janela, ou lavava a louça.

Não houve chuva nenhuma depois dos vendavais, mas com frequência nuvens de ciclones se formavam no céu e iam embora. Era a temporada desses fenômenos da natureza.

Em uma tarde abafada, Manly estava na cidade e Peter tinha saído com as ovelhas. Laura terminou seu trabalho e saiu com Rose. A menina brincava com seus pratinhos sob o choupo, e ela num raro momento de folga, observava as nuvens, mais por força do hábito do que por um medo real, pois havia se acostumado ao risco de tempestade.

O vento soprara forte do sul durante a manhã, depois arrefecera, e naquele momento Laura notava nuvens se acumulando ao norte. Havia uma massa sólida e escura à frente da qual nuvens vagavam. O vento aumentou, soprando forte do sul. Atenta, Laura viu a ponta da temida nuvem em forma de funil descer na direção do solo. O céu ficou esverdeado. Laura pegou Rose e correu para dentro de casa. Fechou rapidamente todas as portas e janelas, antes de correr para a copa a fim de olhar de novo, pela janela, para o vendaval.

A ponta da nuvem funil havia tocado o chão e ela viu a poeira subir. O ciclone passou por um campo recém-lavrado e placas de terra e raízes subiram no ar até sumir de vista. Então chegou a uma pilha de feno, que sumiu imediatamente. A nuvem se movia na direção da casa. Laura ergueu a porta do alçapão no chão da despensa e entrou com Rose, fechando-a em seguida. Abraçando fortemente a filha, ela ficou encolhida a um canto, às escuras, ouvindo os uivos do vento acima e esperando o tempo todo que a casa fosse erguida e levada embora.

No entanto, nada aconteceu. Depois do que pareceram horas, mas na verdade tinham sido apenas alguns minutos, Laura ouviu a voz de Manly a chamando.

Ela abriu a porta do alçapão e subiu com Rose. Encontrou Manly no pátio, ao lado da parelha, observando a tempestade seguir para leste, menos de quatrocentos metros ao norte de onde se encontravam. O ciclone continuava destruindo casas e fardos de feno, mas apenas uma chuva leve caía sobre a terra seca. Manly havia visto a nuvem de tempestade da cidade e corrido para casa, porque sabia que Laura e Rose estavam sozinhas.

Não houve mais ciclones, mas o clima continuou quente e seco, e o dia 5 de agosto foi especialmente sufocante.

No começo da tarde, Manly mandou Peter buscar Ma e três horas depois o mandou de novo para a cidade, dessa vez de pônei, para trazer o médico. Mas o filho de Laura e Manly nasceu antes de ele chegar.

Laura sentiu-se orgulhosa do bebê, mas, por estranho que parecesse, queria Rose mais do que a tudo. A filha tinha sido mantida distante da mãe em nome do silêncio e estava aos cuidados de uma moça contratada e um tanto displicente. Quando Laura insistiu para ver Rose, uma coisinha tímida, ainda com rosto de bebê, foi levada até ela para conhecer o irmãozinho. Depois de ver a filha, Laura adormeceu e, horas depois, começou a se interessar pelos sons externos, a partir dos quais percebeu o que estava acontecendo.

Uma vez, Peter apareceu à porta do quarto para lhe dar bom-dia. A pena longa presa na faixa do chapéu sobre seu rosto bonachão o fazia parecer tão cômico que Laura sentiu vontade de rir. Depois, o ouviu falar com o pônei e chamar o são-bernardo, e compreendeu que Peter ia sair com o rebanho de ovelhas. E ele cantava:

Ah, ela não é linda?
Ai de mim, ó minha amada
Mulher mais doce não existe
Que a linda e rosada
Jenny Jerusha Jane.

Peter e as ovelhas passaram o dia todo fora.

Depois ouviu a filha brincando com os cordeiros criados em casa. Estavam tão grandes agora que três deles já haviam sido reintegrados ao rebanho, permanecendo apenas os dois menores que ficavam entre a porta dos fundos e o pátio, para serem alimentados e distraírem Rose. Às vezes, eles empurravam a menina, derrubando-a, mas tudo fazia parte da brincadeira. Foi então que Laura ouviu a moça que cuidava da filha se recusar a dar a ela uma fatia de pão com manteiga e lhe falar de maneira agressiva. Laura não podia tolerar aquilo, portanto, a chamou e a repreendeu.

Laura sentia que precisava urgentemente recuperar as forças. Rose não podia ser cuidada por uma moça desinteressada e impaciente. Além do mais, ela recebia cinco dólares por semana. Deviam dispensá-la assim que possível, pois logo teriam de pagar uma promissória.

Laura já estava cuidando da casa, três semanas depois, quando o seu bebê foi acometido por espasmos e morreu tão rápido que o médico não chegou a tempo de atendê-lo.

Para Laura, os dias que se seguiram foram bastante sofridos. Seus sentimentos estavam entorpecidos, e ela só desejava dormir – dormir e não ter que pensar.

Mas o trabalho precisava ser feito. Chegara a época do corte do feno e era necessário fazer comida para Manly, Peter e um rapaz contratado temporariamente para tomar conta das ovelhas. Alguém tinha de cuidar de Rose e havia inúmeras tarefas a serem feitas.

Não teriam tanto feno quanto necessário, pois o tempo andara tão seco que nem mesmo a erva brava da pradaria tinha crescido bem. Agora possuíam mais ovelhas, bois e cavalos para alimentar, de modo que eles precisavam de mais forragem, e não menos.

Uma semana depois, quando Manly e Peter estavam cortando feno em um terreno a três quilômetros de distância, Laura estava na cozinha para preparar o jantar. O combustível do verão era o feno velho, duro e comprido retirado do charco. Manly havia levado uma braçada para a cozinha e deixado ao lado do fogão.

Depois de acender o fogo e colocar a chaleira para esquentar, Laura voltou para a outra parte da casa e fechou a porta da cozinha.

Quando voltou a abri-la alguns minutos depois, todo o interior da cozinha estava em chamas: o teto, o feno, o chão debaixo dele e a parede atrás. Como sempre, um vento forte soprava do sul e não demorou para o fogo se alastrar.

Então, sabendo que não estava suficientemente forte para manusear a bomba de água, Laura tratou de pegar no quarto a pequena caixa de metal que continha seus documentos e, com Rose segura pela mão, correu para fora da casa. Quando chegou à entrada em semicírculo, deixou-se cair no chão, com o rosto entre os joelhos e soluçando:

– Oh, o que Manly dirá? O que meu marido dirá?

Manly e Peter, que tinham visto o fogo ao longe, trataram de regressar imediatamente para casa e encontraram Laura e Rose ali, bem quando o teto da casa ruía.

Os vizinhos haviam feito o que podiam, mas, diante de um fogo tão forte, não conseguiram quase nada.

O senhor Sheldon entrara pela janela da despensa e retirado todos os pratos para fora, colocando-os além do choupo. Os garfos, facas e talheres de prata, que tinham sido presente de casamento, também tiveram o mesmo destino.

Nada mais foi salvo do incêndio, exceto algumas roupas de trabalho, três molheiras do primeiro Natal e o prato de pão oval gravado com a frase: "O pão nosso de cada dia nos dai hoje".

O choupo, ainda jovem, que estava próximo da casa, ficou queimado, enegrecido e praticamente morto.

Depois do incêndio, Laura e Rose passaram alguns dias com Pa. O fogo tinha formado bolhas no couro cabeludo de Laura e havia algo de errado com seus olhos. O médico disse que o calor prejudicara o nervo óptico, por isso ela descansou por algum tempo em seu antigo lar. Ela retornou à casa quando Manly veio buscá-la alguns dias depois.

O senhor Sheldon precisava de alguém que cuidasse de sua casa e ofereceu a Laura e Manly um quarto mobiliado em troca de alimentação para ele e o irmão. Ela passou a ter tanto o que fazer que não lhe sobrava tempo para se preocupar, a não ser cuidar dos quatro homens e de Rose. Enquanto isso, Manly e Peter construíam uma cabana comprida, com três salas seguidas, perto das ruínas da casa queimada. Apesar de ser feita só com uma fileira de tábuas e com papel de alcatrão do lado de fora, ela era bem-feita e bem calafetada, portanto, aconchegante e quente.

As noites de setembro começavam a esfriar quando a casa nova ficou pronta e eles se mudaram.

O dia 25 de agosto passou sem ser notado e o ano da graça chegou ao fim.

– Tivemos sucesso como fazendeiros?

– Depende de como você vê as coisas – Manly respondeu, quando Laura lhe fez a pergunta.

Eles haviam tido muito azar, mas todo mundo estava sujeito a ter azar, mesmo sem ser fazendeiro. Tantas estações secas tinham se sucedido que no ano seguinte certamente a colheita seria boa.

Eles possuíam muitos animais para ser vendidos: na primavera, os dois potros mais velhos estariam prontos para isso, porque alguém recém-chegado à região certamente iria querê-los, e sempre contariam com os potros mais jovens chegando; também havia alguns novilhos naquele momento que renderiam doze ou treze dólares cada; e ainda tinham os carneiros, o dobro do ano anterior, alguns cordeiros e seis ovelhas mais velhas.

Construindo a casa nova sem gastar muito, sobrara-lhes dinheiro para ajudar a pagar o direito à terra.

Talvez as ovelhas fossem a solução.

– Tudo ficará bem, pois tudo se equilibra com o tempo. Você verá – Manly disse à esposa, ao dirigir-se para o estábulo.

Ao vê-lo se afastar, Laura pensou: "Sim, tudo se equilibrava com o tempo. Os ricos podiam ter gelo no verão, mas os pobres têm o deles no inverno. E o nosso não tardará".

O inverno estava chegando e, diante das ruínas de sua casinha confortável, eles estavam recomeçando sem nada. Suas posses no máximo pagariam suas dívidas, se tanto. Se conseguissem os duzentos dólares necessários, aquela terra seria deles, e Manly achava que era possível.

Era preciso lutar para ter uma fazenda bem-sucedida, e, estranhamente, Laura sentia seu espírito se preparando para a luta.

O otimismo incurável do fazendeiro que espalha suas sementes no solo toda primavera, apostando seu tempo contra os elementos naturais, parecia se misturar inexplicavelmente à crença de seus antepassados pioneiros de que "mais para a frente tudo será melhor" – só que, em vez de mais "para a frente" no *espaço*, era uma questão de mais para a frente no *tempo*, para além do horizonte dos anos que viriam, em vez do longínquo horizonte do Oeste.

Laura continuava a ser uma pioneira e compreendia o amor de Manly pela terra, por meio da atração que essa mesma terra exercia sobre ela.

– Bem... – Laura suspirou e resumiu a situação com algo que Ma costumava dizer: "Sempre seremos fazendeiros, pois não adianta lutar contra o que está no sangue".

Então Laura sorriu ao ver Manly cantando ao voltar do estábulo:

> *Vocês falam de minas na Austrália,*
> *Cheias de ouro, ninguém vai duvidar,*
> *Mas ah! Há ouro na fazenda, rapazes,*
> *Se souberem onde procurar.*